AGAMENON

O Homem e o Minto

Memórias de um Picareta Ético

Agamenon Mendes Pedreira é criação de Hubert Aranha e Marcelo Madureira

http://www.cassetaeplaneta.com.br

Rua Cosme Velho, 103 - Rio de Janeiro - RJ - CEP 22241-090
Tel: (21) 2556-7824 - Fax: (21) 2556-3322
www.objetiva.com.br

Capa e Projeto Gráfico
Pós Imagem Design

Fotos do miolo
Superstock - Brasil
www.superstock.com

Revisão
Antônio dos Prazeres
Sandra Pássaro
Tereza da Rocha

2002

C344m
Agamenon
Agamenon Mendes Pedreira: O Homem e o Minto - Memórias de um Picareta Ético/ Agamenon - Rio de Janeiro: Objetiva, 2002
133 p., ilustrações
ISBN 85-7302-438-0
1. Literatura brasileira - Humor. I. Agamenon. II. Título.
CDD B869.7

AGAMENON MENDES PEDREIRA

O Homem e o Minto

Memórias de um Picareta Ético

OBJETIVA

Tudo o que eu sempre quis saber sobre a minha própria pessoa

Todos os 17 leitores querem saber quem é, na verdade, Agamenon Mendes Pedreira, o homem, o mito, o Paulo Francis brasileiro. Quais são suas angústias, o que passa pela sua cabeça, quanto tem na sua carteira, quantas mulheres o sustentam?

Só eu, Agamenon Mendes Pedreira, seria capaz de compreender esta personalidade complexa, este caráter duvidoso, este homem atormentado (porém macho) que sou eu mesmo. Depois de muito insistir, consegui uma entrevista exclusiva comigo mesmo, apesar da minha agenda cheia e de, por princípio, não conceder entrevista a jornalistas medíocres.

Agamenon Mendes Pedreira recebeu-me na intimidade do seu banheiro, de onde despacha diariamente e escreve seus contundentes e polêmicos artigos. Durante duas horas, sem puxar a descarga, Agamenon falei-me de sua (minha) vida e seus (meus) planos para o futuro quando pretende morrer e sair de férias.

AGAMENON: *Como foi a minha infância?*

AGAMENON: Bem, minha infância foi pobre e miserável. Meu pai era um humilde empresário do setor petroquímico e da construção naval. Para garantir o leite das crianças, meu pobre paizinho vendia armamentos pesados de porta em porta. Mesmo assim o dinheiro não dava e minha mãe era obrigada a lavar e costurar pra fora.

AGAMENON: *Como é que você descobriu este meu talento para a palavra escrita?*

AGAMENON: Bem, Agamenon, meu caro, como já disse, venho de uma família pobre. Cedo fui obrigado a abandonar os estudos e, assim, só consegui aprender a escrever. Até hoje não sei ler. Mas como sempre fui um sujeito ignorante, prepotente, arrogante, mau-caráter e desonesto, achei que poderia me tornar um bom jornalista de imprensa.

AGAMENON: *Depois de tantos anos de jornalismo, qual o balanço que você faz da minha carreira?*

AGAMENON: Ora, Agamenon, eu sou um homem realizado. Não tenho tudo o que como, mas como tudo o que tenho. Realizei o sonho do carro próprio e, hoje, depois de muito sacrifício, possuo um Dodge Dart 73 enferrujado, com vista para *O Globo*. Infelizmente, não tenho filhos, pois Isaura, a minha patroa, é impotente.

AGAMENON: *E por falar em Isaura, a nossa patroa, o que ela representa em minha vida?*
AGAMENON: Veja bem, Agamenon, é como diz o ditado: "Atrás de um grande homem, sempre existe uma grande mulher e, atrás dessa mulher, vários garotões musculosos."

AGAMENON: *E o Enéas, o meu cunhado esquisitão?*
AGAMENON: Bom, o Enéas é um rapaz sensível e atormentado com sua condição. Filho de pais separados, Enéas foi criado pela avó que lhe fazia todas as vontades. Isso prejudicou o seu organismo que sucumbiu ao vírus do boiolismo. Preocupado com as estranhas tendências do rapaz, fiz de tudo pra ver se ele largava aquele vício: matriculei-o numa escola de teatro infantil, paguei curso de decoração de interiores, história da arte e pintura em porcelana. Mas eu acho que, talvez, quem sabe, numa hipótese remota, o Enéas não goste mesmo de mulher.

AGAMENON: *E por falar em homossexualismo, é verdade que sou bom de cama?*
AGAMENON: Ora, Agamenon, bondade sua. Acontece que não gosto de comentar a minha vida particular, mesmo porque, no meu caso, a particular e a privada se misturam.

AGAMENON: *Para encerrar esta entrevista, Agamenon, uma última palavra.*
AGAMENON: Claro! Zwingliano.

✱

Autobiografia não Autorizada

Todos os meus amigos, assim que me conhecem, têm a impressão de que não passo de um mau-caráter, escroque e vigarista. À medida que o tempo passa e que vão conhecendo melhor meus atos, atitudes e pensamentos, meus amigos chegam à conclusão de que tinham toda razão.

MINHAS RAÍZES ENTERRADAS

Sou bisneto do meu bisavô, Joaquim Herculano de Carvalho Queiroz Pedreira, o Barão de Pau-Barbado, traficante de escravos, sanguinário, oligarca e latifundiário sem escrúpulos. Era um bom homem. Devo a ele tudo o que sou. E o pior é que o fantasma do velho até hoje me cobra isso com juros de 20% ao mês.

O Barão de Pau-Barbado era o terror da pretalhada. Tinha mais de 30 mil escravos concursados no seu sítio Shangri-lá, perto de Araras, onde plantava maconha, cará, café e fuzis AR-15. Homem justo e de grande coração, o velho era dado a gestos de filantropia e generosidade. No dia de Natal fazia questão de distribuir porrada entre todos os funcionários.

Homem moderno e de idéias liberais na agricultura, o Barão de Pau-Barbado foi o primeiro latifundiário feudal a introduzir o tronco na escravidão brasileira. Por causa disso teve vários filhos bastardos, entre os quais se destacam dois avôs e três pais meus.

FILHOS DA PINDAÍBA

Minha mãe me deu à luz na Pindaíba. A Pindaíba é um subúrbio da Central que fica depois de Queimados. Na Pindaíba as pessoas são tão pobres que as famílias são obrigadas a viver apertadas dentro de garrafas de tubaína, mesmo assim, rachando o aluguel. Na Pindaíba não tem assaltante porque lá o marginal não tem o que roubar. Os bandidos só aparecem em época de eleição para distribuir uns santinhos que a população faminta devora agradecida. É uma pena que naquela época o Sebastião Salgado ainda não tivesse nascido. Se fosse hoje em dia nós poderíamos descolar algum posando de figurante nestes livros de arte caríssimos com fotos de miseráveis.

Eu digo isso porque nasci na Pindaíba e sei o que é passar necessidade. Na minha casa só tinha uma roupa para todo mundo: um vestido de noiva que a minha mãe achou no lixo. Quando meu pai saía de casa de manhã cedo para trabalhar como ascensorista no prédio de *A Noite*, na Praça Mauá, ele botava o vestido de noiva. O resto da nossa família tinha que passar o dia inteiro nu dentro de casa, com exceção da minha mãe e da minha irmã que trabalhavam peladas para ganhar um por fora. Quer dizer, por dentro.

Perto de nós, os flagelados da Etiópia eram nababos abonados e *Os Miseráveis* de Vitor Hugo pareciam emergentes da Barra da Tijuca. Uma vez, em dezembro de 1904, meu pai me deu um tostão para comprar um pão velho que seria a nossa ceia de Natal. Mas no meio do caminho eu parei fascinado na frente de uma destas máquinas eletrônicas de pegar bichinhos de pelúcia. Garoto ingênuo e viciado em jogos de azar, perdi todas as economias da família tentando a sorte grande. Quando cheguei em casa sem a nossa ceia e sem o ursinho de pelúcia, meu pai, sempre compreensivo, começou a me espancar violentamente. O resto da família, quando soube da história, resolveu se juntar ao velho para me dar porrada, pois lá em casa sempre fomos muito unidos. Se por um lado Deus não nos deu dinheiro e conforto, por outro lado não faltava amor em nosso lar. Uma vez, na época da Gripe Espanhola, quando meu irmãozinho morria de tétano e minha mãe definhava tuberculosa, meu pai pegou aquele amor todo e tentou botar no prego da Caixa Econômica. Mas não adiantou nada. O dinheiro do penhor meu pai gastou todo em cachaça.

Mas, mesmo assim tive uma infância feliz, e hoje, abonado e milionário, lembro com saudades daqueles tempos de penúria e miserê. Guardávamos as hemoptises de minha mãe para, no ajantarado de domingo, preparar uma saborosa galinha ao molho pardo. A galinha era a minha irmã.

SEGUINDO OS PISSOS DE CAXIAS

No limiar da juventude, precoce por natureza, logo descobri que não gostava de trabalhar, assim a minha única opção profissional seria o Exército. Tenho orgulho de ter sentado praça nesta gloriosa Instituição de caráter belicoso e pacifista. Servi no 8º GACosobRetMec (8º Grupo de Artilharia de Obuzes Retroativos Automecanizado) comandado pelo legendário general Raider Imbyruçuna e que tinha no seu Estado-Maior nomes da envergadura de um coronel Agrizônio Bacalhau, do major Bisurado Mamede e do tenente Pitaluga Maryzcaia, o popular Bianca. O Exército de Caxias, do almirante Tamandaré, de Santos Dumont, de Felinto Müller, do capitão Guimarães e do Nélson Sargento!!! Os bons tempos que vivi na caserna limpando latrinas, caiando árvores até a metade e aparando o gramado do campo de futebol forjaram o meu caráter de homem sem escrúpulos.

O CRIME NÃO COMPENSA, JÁ O JORNALISMO...

Desde pequeno sempre tive a maior queda para o jornalismo. No jardim-de-infância era conhecido como o mentiroso da turma. Com 11 anos organizei um assalto ao Banco Imobiliário do meu irmão e aos 15 já dominava o tráfico – de qualquer coisa – na minha escola. É verdade que nunca aprendi a escrever direito, mas isto não é relevante para se fazer carreira na imprensa. Comecei no jornalismo como garrafeiro. Eu juntava garrafas velhas e jornais usados para vender. Aí, com a guerra, o preço do papel subiu uma barbaridade, muito mais que o vidro, e então, empresário nato que sempre fui, resolvi enveredar pelo ramo gráfico. Concluí que não era bom negócio ficar dependente de intermediários e resolvi então buscar os jornais diretamente dos fabricantes.

Foi aí que comprei o meu primeiro jornal mas não pude lê-lo porque fazia muito frio naquela noite. Mas não desisti do negócio e no dia seguinte comprei dois jornais. No dia subseqüente comprei mais três, em seguida quatro e assim sucessivamente até conseguir o monopólio de todos os jornais da cidade. Vender os jornais não lidos, portanto em melhores condições, proporcionava bons lucros. Com estes lucros comprei a gráfica do jornal, assim, com o objetivo de reduzir custos, passei a imprimir os jornais em branco economizando uma barbaridade em tinta, linotipos, essas coisas supérfluas. Auferi desta forma lucros extraordinários, o que me permitiu a compra da fábrica de papel que na época era a minha principal fornecedora e cliente.

O VELHO CAFETÃO

Foi mais ou menos por aí que o Chateaubriand havia roubado um jornal do Ademar de Barros, que por sua vez já tinha subtraído o referido periódico do Carlos Lacerda. Este, por seu turno, já o havia furtado da Condessa Pereira Carneiro que passou a perna na própria mãe, mãe aliás que, tempos depois, ela acabou vendendo para um garrafeiro. É evidente que quando aquele jornal chegou às minhas mãos já estava completamente amassado e imprestável. Foi aí que o Getúlio Vargas, que era meu amigo, me chamou e falou: "Ó Aga!" – o Getúlio me chamava assim, de Aga. – "Ó Aga, por que tu em vez de roubares o jornal dos outros não fazes um jornal só pra ti roubar?". Respondi então ao grande líder carismático sul-americano que muito gostaria, só que eu não sabia escrever, só ler algumas vogais. Foi então que o Getúlio ma apresentou ao Ibrahim Sued, um lingüista notável e homem de letras, que me ensinou-me a ler-me e escrever-me sozinho enquanto comíamos um quibe em pé na Rua da Alfândega.

Foi aí que começou a minha carreira de intrépido repórter. Trabalhava à noite em *O Dia* e de dia no *A Noite*. Cobria Turfe e Polícia e era crítico de artes plásticas. Uma época, de tanto trabalhar, fiquei tão fraco e anêmico que para me recuperar, substituí por um mês a Danusia Bárbara na coluna de restaurantes e pude assim encher o meu pandulho.

Foi aí que eu percebi a importância da nossa profissão. Como arauto da verdade, o bom jornalista deve antes de tudo prestar atenção aos fatos, analisar a notícia, checar as fontes e aí sim, ver como é que ele pode se dar bem e descolar uma grana com aquela informação.

O AUTO-SUICÍDIO DE GETÚLIO

Tempos depois o Chateaubriand desgostoso com o mundo da imprensa resolveu vender os *Diários Associados* para virar filé. Naquela época a redação dos jornais era uma coisa trepidante, a política um caldeirão fervente e eu ficava na Galeria Cruzeiro com o Nássara, o Alvarus, o J. Carlos, o Calixto, o Ziraldo e o Madame Satã que naquela época moravam juntos numa gaveta de um armário alugado pelo Zé Lewgoy. Foi então que uma tarde eu estava por ali, de bobeira, tomando um chope, quando o Gregório Fortunato, O Anjo Negro, o braço direito e o saco esquerdo de Getúlio, me chamou. Pensando que ele estava me convidando para roubar mais um jornal, peguei o meu paletó e o meu revólver. Mas qual! Era o presidente que queria falar pessoalmente comigo. Naquela época eu já era um jornalista muito influente e privava da intimidade do Getúlio. Pois bem, ele mandou me chamar e me pôs a par da grave crise na qual o Brasil jazia mergulhado. O Pai dos Pobres fez uma longa exposição e pediu o meu aconselhamento. Era realmente muito grave a crise, puxei um Continental liso da carteira, acendi e depois de uma longa baforada perguntei ao presidente: "Getúlio, por que é que tu não se mata?". Imediatamente ofereci ao chefe da Nação a minha pistola. Depois de barganharmos um pouco fechamos negócio por dois contos mais a caneta de ouro que depois me roubaram. Eu já ia saindo quando o Getúlio me perguntou dramático: "E as balas, Aga?" – o Getúlio me chamava assim, de Aga. "Tu esqueceste de me dar as balas!"

Foi aí que eu falei: "Presidente, as balas não estavam no nosso trato. Troco duas balas por uma diretoria na Petrobras." Foi toma lá, dá cá.

✱

Mulheres que Eu Comi

Em setenta anos de jornalismo marrom, cobri todas as guerras. Copas do Mundo e as mulheres mais gostosas de que se tem notícia. Como todo homem de imprensa, estou sempre atrás ou dentro de um furo.

No entanto, o que o leitor deste livro (que se caracteriza pela sua erudição, bom gosto, sofisticação e inteligência protuberante) quer saber mesmo é de safadeza, sacanagem e putaria. Não necessariamente nesta ordem. Por isso mesmo, resolvi abrir o meu baú de lembranças (no bom sentido, é claro, de fora pra dentro) e ativei, na minha memória, o meu disco rígido (que na minha juventude, aliás, era bem mais rígido). Vasculhando minha gaveta de cuecas, comecei a recordar as fêmeas portentosas que me prestaram seus favores sexuais em troca de um pedaço de pão, um cacho de banana ou de um naco de rapadura. Pois, como todo mundo sabe, o sexo é o Dínamo do Mundo, o Motor de Popa da Humanidade, o Fusível da Raça Humana, porque, como disse o famoso filósofo homossexual grego Arquimedes, "dêem-me uma alavanca e eu moverei a bunda!".

EVA BRAUN

A amante de Hitler era conhecida pelo seu *führer* uterino. Inspirado na sua voraz genitália, Walter Gropius, da Bauhaus, criou o famoso moedor de carne Braun Minipiner. Manter um caso com a amante de um famoso nazista em plena Alemanha hitlerista, mesmo sem ser judeu, era uma coisa muito perigosa. Me encontrava com a Eva Braun sempre que o Hitler saía para comprar pão ou invadir a Polônia. Um dia, enfastiado, disse para Eva que não queria mais ir para o *front* e que preferia ir no *bunker*. "No *bunker* não, que eu sou católica!" – berrava Eva. Segundo ela, Hitler além de impotente também era brocha e não conseguia satisfazer seus desejos de fêmea fogosa: ouro, dinheiro, jóias e pedras preciosas. Quando Berlim estava sob o fogo soviético, Eva organizou uma pequena suruba, um bota-fora, quer dizer, um bota-dentro. Ao chegar de surpresa na festinha, o sanguinário ditador alemão deparou-se com uma cena dantesca: sua amante estava sendo invadida pelo Norte, pelo Sul, pelo Leste e pelo Estreito de Gibraltar que, naquela hora, já estava parecendo mais o Largo do Arouche. Ao perceber que com o final da Segunda Guerra o mundo entraria numa nova era, a Guerra Frígida, me despedi de Eva Braun, saí para comprar cigarro na Tchecoslováquia e nunca mais voltei.

JANIS JOPLIN

Como todos os meus 17 leitores sabem, fui o único brasileiro que ficou nu no Festival de Woodstock. Naquela época psicodélica marcada pelo hippismo eu vivia na maior lama. Só pensava nas drogas e, por isso mesmo, gamei na Janis Joplin, que, em termos de mulher, era uma droga. Influenciada por Jimi Hendrix, Janis Joplin, no meio de um show, tocou o Hino Americano no meu corpo e, depois, finalmente saciada, tacou fogo em mim e me jogou no meio da platéia. Cansado daquela vida alucinada e alucinógena, um dia eu saí para comprar um cigarro de maconha e nunca mais voltei.

LADY DI

Lady Di foi uma lufada de ar fresco, quer dizer, uma chupada de ar fresco, na anacrônica e careta monarquia britânica. Em vez dos súditos terem que se ajoelhar na frente da princesa, Lady Di, sempre à frente do seu tempo, fazia questão de se ajoelhar ela mesma na frente dos súditos. E eu, Agamenon Mendes Pedreira, mesmo sendo um plebeu pé-rapado, também tive a honra de receber os favores sexuais da princesa, além de comê-la todinha. Em entrevista exclusiva ao meu microfone cabeludo, Lady Di deu a entender que tinha tido vários amantes na aristocrática nobreza inglesa: o Conde da Padaria, o Arquiduque da Leiteria e, até mesmo, o Barão da Loja de Ferragens. Até aí tudo bem. O problema é que Lady Di botou a boca no microfone e resolveu se abrir comigo: a princesa contou-me, em primeira mão, que o Príncipe Charles, além de ter sido traído, também era corno! Esse fato abalou os alicerces da centenária Casa de Windsor! Como poderia Charles colocar na cabeça a cobiçada coroa britânica se ela, a cabeça, já estava totalmente ocupada por um frondoso par de chifres?

Injuriado com a revelação pública de sua cornitude (coisa que só ele não sabia), Charles, angustiado, exilou-se na remota Cornualha, onde se encontrou com sua amante Camila Parker-Bowles, o Monstro de Loch Ness. A Cornualha, para quem não sabe, é uma região da Inglaterra freqüentada por cornos de todo mundo porque oferece o habitat natural para este indivíduo enganado e passado pra trás. A Cornualha não tem túneis, as casas não têm teto e todos os carros são conversíveis. Santuário ecológico por natureza, é um lugar cavernoso, sombrio, úmido, nebuloso e enevoado onde o corno, deprimido, passa suas férias enquanto a esposa está no ensolarado Caribe, na Ilha de Suruba, com seu jovem e potente amante. E com o cartão de crédito do marido, é claro!

A princesa era amada por todos, mas o problema é que uns caras levavam isso às últimas conseqüências. Separada de Charles, Lady Di resolveu se dedicar à filantropia dando para todo mundo que estivesse a perigo. Depois de tantas tristezas e sofrimentos ao lado de Príncipe Charles, uma espécie de Enéas de sangue azul, Di arrumou um namorado, o milionário árabe-inglês Al Fayad, dono da Harrod´s e do Habib´s das *esfihas*. Um dia, em Paris, os dois saíram para comprar cigarro, faleceram tragicamente num acidente e foram felizes para sempre.

LUZ DEL FUEGO

Adepta do naturalismo nudista, Luz del Fuego chocou a conservadora sociedade careta da época porque vivia com uma cobra. E, o que é pior, eles nem eram casados na igreja, já que o comprido ofídeo era desquitado. Conheci a Luz del Fuego numa bacanal de família que o meu primo tinha organizado para comemorar os 15 anos de sua filha mais nova. Assim que nossos olhares se cruzaram, nos apaixonamos perdidamente, mas nada dissemos porque ambos estávamos com a boca cheia. Nosso tórrido romance continuou seu caminho e Luz del Fuego me chamou para viver na sua ilha. Eu, ela e a maldita cobra. Por via das dúvidas (ou terá sido por dúvida das vias?), coloquei uma rolha na mala de couro (no bom sentido, é claro, de dentro pra fora) e parti na direção daquele paraíso naturista e pelado. Mas o nosso relacionamento fracassou, pois a cobra, ao me ver nu e ajumentado, passou a sofrer da neurose conhecida pelos psicanalistas freudianos como "inveja da cobra". O ciúme doentio do viscoso réptil rastejante era tão grande que resolvemos, eu e a cobra, nos enfrentar em combate singular e mortal. Ao me ver agarrado na cobra, rolando pelo chão, Luz del Fuego deu um grito e eu, aplicando um golpe de caratê que aprendi com Agnaldo Rayol, matei a cobra e mostrei o pau. Cansado de viver naquela ilha de perdição e luxúria desenfreada, mergulhei na água para comprar cigarro e nunca mais voltei.

MADONNA

Quando conheci a Madonna, ela já não era mais virgem. Ela tinha uns três anos mais ou menos. Assim que me conheceu, viu em minha pessoa a figura de seu pai: um velho broxa e impotente. Graças à minha condição de homem vivido, maduro e quase podre, ensinei à *material girl* tudo o que um ser humano pode fazer com um microfone entre as quatro paredes de um palco. Como não conseguia segurar a sua volúpia gulosa de *popstar*, apresentei Madonna a Sean Penn, Warren Beatty e a Michael Jackson, mas nessa época ela ainda não gostava de mulher. Devido aos meus conhecimentos do mundo artístico, arrumei pra Madonna se apresentar na Churrascaria Porcão. Ela era servida depois da picanha e antes do cupim. Ciumento e possessivo, nunca me acostumei com a idéia de ter que dividir a Madonna com outros homens. Principalmente porque o que sobrava pra mim era sempre a asa, o pescoço e a moela. Cansado daquela vida de galinhagem em rodízio, avisei pra Madonna que ia sair em turnê mundial para comprar cigarro e nunca mais voltei.

MARGARETH THATCHER

Como todos os meus 17 leitores sabem, sou um homem conservador e avançado, de idéias neoliberais de esquerda. E ao conhecer a Dama de Ferro, imediatamente percebi que éramos feitos um para o outro, já que, tanto eu como ela, gostávamos de foder com os pobres. Como toda inglesa, Margareth era uma mulher fogosa e assim fazíamos sexo intensamente uma vez por ano, durante 15 minutos enquanto ela dormia. Uma vez, eu, Lady Di, o Príncipe Charles, Elton John e Laurence Olivier fomos a uma festinha de embalo beneficente. Mas o Chateaubriand, que ficou de trazer uns anões e umas mulheres vestidas de cangaceiro, no meio do caminho ficou paralítico e nós tivemos que empurrar a sua cadeira de rodas, pois o Velho Capitão só pegava no tranco. Terminamos a noite sendo obrigados a comer a Linda McCartney, apesar de ninguém ali ser vegetariano. Cansado daquela política reacionária de direita, um dia falei pra Margareth que ia até as Ilhas Malvinas comprar cigarro e nunca mais voltei.

MATA HARI

Mata Hari entrou para a História como a famosa espiã de um seio só, o que, para se chupar, era muito mais prático. Conheci a Mata Hari durante a Primeira Guerra Mundial, quando Paris estava sendo ocupada pelos franceses. Freqüentávamos o mesmo pagode na Place Pigalle. Mata Hari sambava muito mal. Talvez devido a sua perna de pau. A espiã também tinha mau hálito, era careca e tinha herpes genital. Não sei o que foi que eu vi naquela mulher, aliás, nem ela, pois usava olho de vidro. Disseram-me então que o Exército Alemão já estava ocupando aquela Mata há algum tempo. Naquela época, eu era jovem, impetuoso e destemido e participava de um movimento clandestino, a Insistência Francesa. Depois de seis meses insistindo, finalmente consegui levar a famosa espiã para a cama e vi que a criatura era realmente uma grande *fodeuse*. Não só uma grande *fodeuse* como uma grande *chupeuse* também. Um dia, descobri que Mata Hari espionava pelos dois lados. Apesar de ser um homem moderno e prafrentex, não segurei a onda, saí para comprar um Gauloises e nunca mais voltei.

ROBERTA CLOSE

Durante mais de dez anos mantive um tórrido *affair* com a Roberta Close sem desconfiar que ela era mulher. Roberta, por sua vez, ficou chocada ao descobrir que eu era homem. Graças aos meus contatos na área artística, introduzi Roberta Close no mundo do *show business*. Depois foi a vez dela me introduzir e assim sucessivamente, em movimentos frenéticos e incessantes. Juntos passamos uma temporada inesquecível no Marrocos, onde ela aproveitou para extirpar as amídalas. Assim como Paul Simon e Art Garfunkel, tentamos de todas as maneiras ter um filho, mas eu sofro de impotência e ela parece que tem o oveiro virado. Nosso caso acabou quando Roberta me flagrou na Churrascaria Plataforma passando uma cantada no Tom Jobim pensando que fosse a Luiza Erundina. Cansado daquela vida devassa e pecaminosa, falei pra Roberta que ia no açougue comprar cigarro e nunca mais voltei.

ROSA LUXEMBURGO

Adepta do socialismo, a famosa revolucionária alemã gostava de dar pra todo mundo. Rosa Luxemburgo era contra a propriedade privada dos meios de produção e de reprodução também. Por isso achava que tudo devia ser dividido entre as pessoas, a começar pela sua perseguida. Perseguida política. Para colocar em prática suas ideologias exóticas e comunizantes, eu e a Rosa íamos pra cama com um operário alemão, um mujique soviético e uma cabra búlgara. Tanto Rosa quanto a cabra eram insaciáveis. Quando fiz sexo oral com ela pela primeira vez, tive a sensação de estar beijando o Lula na boca, e isso no tempo em que o Lula era banguela. Rosa me adorava. Eu era o homem da sua vida. Segundo ela, fui o único macho que a fez alcançar o Soviete Supremo. Um dia fiquei cansado daquela vida de comunismo e bucetismo revolucionários, saí pra comprar charuto em Cuba e nunca mais voltei.

MARIA DA CONCEIÇÃO TAVARES

A famosa comediante e economista luso-galega foi uma das melhores relações capital-trabalho que já experimentei em toda a minha vida de fauno insaciável e arfante. Especialista em sexo oral, a economista cutruca falava pra caramba. Uma vez, cansado daquele lero-lero interminável sobre meu Produto Interno Bruto, disse para ela na intimidade da alcova: "Conceição, apaga a luz e chupa!". A infeliz acabou queimando os lábios na lâmpada incandescente do abajur. Ensinei tudo de sexo para aquela portuguesa e ela me ensinou tudo sobre economia. Depois que a Maria da Conceição Tavares, marxista de Trás-os-Montes, me explicou a teoria da mais-valia, cheguei à conclusão de que mais valia sair para comprar cigarros no Alentejo e nunca mais voltei.

ISAURA, A MINHA PATROA

Minha Patroa Isaura é a melhor trepada do Brasil. E não sou só eu quem diz isso. Para ajudar no orçamento lá de casa, Isaura costuma costurar pra fora (e pra dentro também). Preocupada com o problema da fome, Isaura, a minha patroa, dá de comer para vários meninos de rua. Mulher caridosa e carola por natureza, Isaura sai todo dia para fazer caridade, e seu lema é: "Ajoelhou, tem que chupar!". Ela é uma mulher como poucas, dessas que não existem mais hoje em dia. Isaura nunca me traiu!!! Jamais deu em cima das mulheres que eu levava para comer em casa. Nosso relacionamento sempre foi perfeito, baseado na premissa da igualdade entre os sexos, desde que o macho superior espanque semanalmente a fêmea submissa. Eu só não entendo uma coisa: por que é que a Isaura, a minha patroa, todo dia me manda ir até a esquina para comprar cigarro. Mesmo porque eu não fumo.

***

As Grandes Reportagens
de Agamenon Mendes Pedreira

O SUICÍDIO DO TITANIC

Desde garoto, o meu maior sonho era fazer um cruzeiro marítimo numa superprodução de Hollywood! E assim, depois de ficar três anos sem almoçar nem jantar, consegui economizar dinheiro suficiente para comprar uma passagem de figurante na terceira classe do *Titanic*. Segundo os engenheiros que o construíram, o *Titanic* era igual ao Brasil: os ricos ficavam por cima numa boa, os pobres ficavam apertados embaixo e ninguém acreditava que ele ia afundar.

Nunca se viu tanto luxo quanto na Primeira Classe do *Titanic*. Até as lagostas do bufê tinham criados à sua disposição. Os milionários mais ricos do mundo, os Astor, os Vanderbilt, os Mellon e o Jorginho Guinle, disputavam para ver quem gastava mais dinheiro e comia mais mulheres (não necessariamente nesta ordem). Numa noite, depois do conhaque, Cornelius Vanderbilt acendeu um havana com uma nota de 100 dólares. Injuriado com aquele gesto de avareza somítica, Lord Long Dong Astor acendeu uma mulher com uma nota de mil dólares!

Os banheiros das suítes eram de um luxo nababesco que deixava o Taj Mahal no chinelo. Ao lado do vaso sanitário, todo em ouro maciço, havia um anão malaio 24 horas à disposição para realizar a higiene íntima dos magnatas abonados já que, em 1912, os franceses ainda não haviam inventado o banho pessoal (os franceses só vieram a descobrir o banho em 1998 quando construíram os vestiários para a Copa da França).

Enquanto os ricos chafurdavam em montanhas de caviar, nós lá na geral do navio só tínhamos o Leonardo Di Caprio para comer. Mas como a fila era grande, nem sempre sobrava para a minha pessoa. Penalizado com a minha miséria, um rato me ofereceu um pedaço de queijo que me sustentou durante toda a dramática travessia.

Numa noite fria, resolvi subir até a ponte de comando para fumar um baseado com o capitão do navio. O velho lobo-do-mar apertou um charuto que rodou na paulista por toda a tripulação. Inebriada pelos eflúvios da marofa, a orquestra do *Titanic* começou a tocar os maiores sucessos de Bob Marley que, naquela época, não havia nem nascido. Enquanto todos estavam completamente emaconhados, o vigia, o único careta a bordo, gritou:

– Comandante! Um *iceberg* à frente!

– *Iceberg*! Rosenberg! Goldenberg! É tudo a mesma coisa! Pode passar por cima! – retrucou o capitão do *Titanic* que, além de maconheiro, também era anti-semita.

Quando o meganavio começou a afundar, o pânico e a balbúrdia tomaram conta dos passageiros. Por todos os lados, víamos, assustados, efeitos especiais espetaculares! O que ninguém sabe até hoje é que o *Titanic* tinha sido construído pelo Sérgio Naya: as chapas de aço eram de madeira compensada, só havia um bote salva-vidas e dez bóias de patinho para todo mundo. Preocupados em salvar suas peles, *visons*, *minks* e alpacas, os milionários queriam escapar do naufrágio, salvar suas fortunas e afundar suas mulheres (necessariamente nesta ordem).

Desesperado, me atirei nas águas geladas e me agarrei num pedaço de pau que passava boiando. Foi aí que ouvi uma voz me cutucando. Era o Leonardo Di Caprio em pessoa!

– Agamenon, não vai dar você ficar aí dependurado no meu bilau... Quem sabe numa outra ocasião, com menos gente por perto, a gente possa tomar uns drinques juntos...

NOS TEMPOS DA VASELINA

Durante os loucos anos 20, curtíamos adoidado rebolando ao som de dois ritmos da pesada: o Charleston e o Heston, que mais tarde fez sucesso no papel de Moisés em Hollywood.

Naquele tempo das melindrosas freqüentei as maiores festinhas de embalo na casa e nos livros de Zelda e Scott Fitzgerald. De uma feita, nos Hamptons, entrei num banheiro para vomitar junto com o Charles Bukowski, que na época era um menino de três anos. Ao adentrar no recinto deparei-me com o Grande Gatsby que, naquele momento, tirava água do joelho. E que joelho! Chamar o Gatsby de Grande é uma tremenda injustiça para com o milionário excêntrico e *bon vivant*. Sua jeba monumental só era comparável à sua conta bancária ajumentada.

A Lei Seca foi um dos maiores acontecimentos etílicos do século. Junto com ela vieram a Máfia, o contrabando, a prostituição e o alcoolismo. Até aí, tudo bem. Mas, infelizmente, a lei também teve o seu lado negativo. Com a Lei Seca, surgiram os *speak-easies*, bares clandestinos que serviam bebida falsificada e, o que é pior, tocavam o *jazz*. O *jazz* é um dos maiores flagelos da Era Contemporânea. Depois da invenção do *jazz* a população de chatos no mundo triplicou. A Organização Mundial e Saúde até hoje não conseguiu acabar com os festivais de *jazz* que assolam o nosso planeta e que são o foco epidêmico desta terrível moléstia musical.

A Lei Seca de inspiração puritana e moralista proibia o consumo de bebidas alcoólicas que não fossem falsificadas e contrabandeadas. Desesperados com a falta de goró, os americanos começaram a destilar alcoóis das coisas mais estranhas. Em Nova York se fazia vodca usando cuecas usadas, pneus carecas e bastões de beisebol. Num estado do sul um fazendeiro racista fabricava cerveja preta utilizando o time de basquete da universidade local.

Os americanos bebiam para esquecer. Para esquecer a Lei Seca. Naquela época a medicina era muito atrasada e o alcoolismo era a única opção de vício para as pessoas. Hoje, graças aos avanços da Ciência, temos várias drogas de efeito estupefaciente à disposição do consumidor. Eu já experimentei todas e posso garantir que a única que faz mal e não dá barato é o *jazz*.

Mas como tudo que é bom um dia acaba, a Lei Seca, assim como o gelo, chegou ao fim, provocando a maior ressaca desse século que foi o *crack* da bolsa em 29. Milhões de dólares desapareceram da noite para o dia. Repentinamente, fortunas viraram fumaça! Magnatas viraram pobretões miseráveis num piscar de olhos com exceção do Jorginho Guinle que escondeu a fortuna da família dentro da Marilyn Monroe, mas isto já é outra história.

O NAUFRÁGIO DO KENNEDY

Naquele tempo Dallas era apenas um pacato seriado de televisão no interior do Texas. Ninguém poderia imaginar que a provinciana cidade texana seria palco de uma das maiores tragédias do século: a morte de John Fitzgerald Kennedy, o Kenny G. Mas o que fazia eu, Agamenon Mendes Pedreira, naquela tarde fatídica em Dallas? Farei agora uma revelação chocante que guardei, durante anos, no íntimo da minha pessoa: Kennedy era corno meu! Naquele tempo eu estava comendo a primeira-dama dos Estados Unidos, Jacqueline Onassis!

Como todos os meus 17 leitores já estão cansados de não saber, o presidente Kenny era uma espécie de Clinton dos anos 60. Tarado e priápico, o Kennedy conseguiu entrar em todos os buracos que quis com exceção da Baía dos Porcos de Fidel Castro. Muito ocupado com mulheres quentes e a Guerra Fria, Kennedy começou a deixar furo com a patroa. Eu, que na época era correspondente internacional em Washington, me insinuei pra cima da Jacqueline que, por sua vez, estava me dando condição. Em entrevista exclusiva no Salão Anal da Casa Branca, Jackie Kennedy me mostrou o seu famoso "botão vermelho", que, se pressionado, poderia desencadear uma hecatombe nuclear. Até aquele momento, só o presidente dos EUA tinha acesso àquela parte importante e remota da anatomia da primeira-dama.

Iniciamos então um tórrido romance, quando Jackie conheceu a famosa política do Big Stick, tão apreciada pelos diplomatas do Itamaraty. A Casa Branca ficou vermelha de vergonha com as putarias indescritíveis que ensinei à primeira-dama dos EUA. Por meu intermédio, quer dizer intergrande, ou melhor inte-renorme, Jackie, uma americana careta, criada na religião, conheceu as delícias do Violino Chinês, do Beijo Francês e do Candelabro Italiano. Mas de todas as sacanagens brasileiras que ensinei, a que ela adorou mesmo foi a Abertura de Contas na Suíça.

Mas Kennedy, apesar de ser um capitalista a favor da livre iniciativa, detestava a concorrência. Quando descobriu que tinha dado ladrão na Casa Branca, imediatamente entrou em contato com o Frank Sinatra e os seus amigos da Máfia e mandou contratar um pistoleiro para dar fim à minha pessoa. O matador escolhido para justiçar a cornidão presidencial foi o ex-marinheiro americano Lee Harvey Oswald, o famoso Oswald Mirolha. Ele era psicopata, assassino e homicida mas, por outro lado, ele também tinha alguns defeitos. Remoendo sua dor cornal, Kennedy marcou um encontro secreto numa espelunca de quinta categoria no Bronx com o Chapéu de Couro americano. Depois de beberem umas cervejas e beliscarem umas mulheres, Kennedy adiantou uma grana para o Oswald e emprestou uma carabina de fabricação brasileira que seria utilizada no meu próprio assassinato pessoal.

Logo que desembarcamos do Air Force One, o avião presidencial, em Dallas, Texas, Ohio, me adiantei no meio da comitiva e me aboletei na limusine presidencial. Quando o presidente Kennedy percebeu que eu iria pelo caminho encoxando a primeira-dama na frente de milhares de eleitores, imediatamente me expulsou da viatura.

– Tu vai a pé atrás, Agamenon, seu filho da puta! – determinou o presidente sem quebrar o protocolo.

Foi aí que aconteceu a desgraça. No meio da carreata, Lee Harvey Oswald, que tinha trabalhado na PM de Diadema, disparou o seu rifle do alto de um edifício. A primeira bala pegou no chifre do Kennedy que ricocheteou e entrou na cabeça de Jackie, mas como não encontrou nada lá dentro a bala saiu pelo outro lado. E todo mundo até hoje se lembra do que aconteceu: a segunda bala tirou a vida do presidente mais jovem, mais bonito e mais corno da história americana.

Devido aos seus chifres monumentais, o presidente Kennedy era obrigado a usar carros conversíveis à prova de bala.

***

Agamenon: O Homem e o Místico

O ESTRANHO CAMINHO DE SENTAEMALGO

Sempre que recebo o meu miserável contracheque, que já foi até fotografado pelo Sebastião Salgado, sou tomado por pensamentos profundos que inquietam a minha mente de homem atormentado porém macho e viril. Nestes momentos de reflexão profunda, volto os meus pensamentos para regiões inconfessáveis do meu eu mais interior. Por que estamos aqui? Qual o sentido da vida? Por que eu não sou parecido com o Brad Pitt? Por que eu não consigo ter mais dinheiro que o Chico Buarque se eu trabalho muito mais que ele? Por que eu não como ninguém?!?!

Foi assim, tomado por uma aguda depressão capaz de fazer inveja até mesmo ao cronista Arthur Dapieve, que resolvi realizar uma reportagem místico-espiritual de fundo religioso. Aliás, mais de fundo do que religioso. Para me acompanhar nesta busca ao meu eu mais profundo, levei junto comigo a minha esposa, a Isaura (que não é lá muito católica), o jovem Enéas, o meu cunhado esquisitão, a quem espero converter ao heterossexualismo espada ortodoxo, além, é claro, do meu *personal psicoproctologist* Dr. Jacintho Leite Aquino Rêgo.

ANAL DOS INSENSATOS

Apelando para os meus contatos, arrumei uma passagem de grátis num navio grego, o cargueiro *Enfhyos Nokoulos*, que levava um carregamento de mandiocas graúdas para a Ilha de Mikonos, paraíso do nudismo e da pouca-vergonha. Como a passagem era só uma e nós éramos quatro, tivemos que nos acomodar apertados num só beliche onde dividíamos a cama, o banheiro e, o que é pior, a mulher. No caso a minha, a Isaura.

Depois de 15 dias balançando no proceloso Mar Mediterrâneo, chegamos à Terra Santa, pátria de várias religiões. Foi lá, na Terra Sagrada dos judeus, que nasceu o menino Jesus e a venda a crédito.

Devido ao afluxo de turistas, só conseguimos vaga numa modesta hospedaria da rede Manjedoura Inn, onde tivemos que dividir o mesmo estábulo com um terrorista palestino. Logo pela manhã, tomado por intenso fervor místico, resolvi me enfurnar nas ruas milenares da cidade sagrada. Percorri a Via-Crúcis, onde senti o mesmo sofrimento do Cristo ao ver a minha patroa, a Isaura, detonando o cartão de crédito em todas as lojas de bugigangas que via pela frente. Em seguida, embicamos na direção do Muro das Lamentações onde exibi, mais uma vez, uma cópia do meu miserável contracheque.

A minha *entourage* se dividiu. O Dr. Jacintho Leite Aquino Rêgo resolveu visitar a Mesquita de Omar. Lá, no templo muçulmano, o Dr. Jacintho constatou que a posição dos fiéis orando em direção a Meca é ideal para um perfeito exame do pavilhão retofuricular, tão importante para o exercício da Psicoproctologia Aplicada. Em suas pesquisas *in culo*, quer dizer, *in loco*, o Dr. Jacintho Leite Aquino Rêgo concluiu que muitos muçulmanos, apesar de religiosos, não são lá muito ortodoxos.

Enquanto isso, Enéas, o meu cunhado esquisitão, travou profunda amizade com David, sargento do Exército israelense, que o convidou para passar um fim de semana no *kibutz* de Bahr El Sheva. Como todos sabem, os *kibutzim* são uma avançada e descontraída experiência social de Israel. Este *kibutz* era socialista, e o Enéas, para se enturmar, tratou de socializar uma parte remota de sua anatomia. No dia seguinte, Enéas revelou-se um avicultor de mão cheia, dando de comer aos perus cincuncidados do galinheiro.

ENTERRA, SANTA!

Foi então que cheguei ao clímax desta minha peregrinação. Já que na minha hospedaria não tinha água corrente, resolvi tomar um banho no Rio Jordão. Mas quando cheguei ao córrego sagrado fui tomado por uma visão mística: um bando de pagodeiros e modelos seminuas disputavam um sabonete nas águas puríssimas do Jordão. Foi aí que eu vi o Gugu Liberato sendo batizado pelo padre Morcelo Rossi em pessoa. O João Batista do SBT, tomado por profunda fé mística, jogava água fora da bacia hidrográfica do Rio Jordão. Foi então que surgiu o Todo-Poderoso: Silvio Santos! Neste exato momento, assisti pessoalmente ao milagre da conversão. Silvio, que é judeu, converteu toda a sua fortuna de reais para dólares!

Aquele espetáculo dantesco de comercialismo religioso me deixou ainda mais revoltado, deprimido e sem esperança. Sem rumo, percebi que ali não estavam as respostas para as minhas profundas dúvidas existenciais.

DOENÇAS VENÉREAS: A GALILÉIA

Resolvi então atravessar em caravana o deserto da Galiléia, onde passamos pelo Velho e pelo Novo Testamento. Depois de tantos quibes, *esfihas* e falaféis, fui acometido por uma terrível dor de barriga. Devido às condições precárias de higiene no deserto, não havia papel higiênico para realizar uma perfeita profilaxia do pavilhão retofuricular. Assim, tive que usar a sarça ardente, um arbusto bíblico típico da região, coisa que tornou a travessia ainda mais dolorosa, aumentando de maneira insuportável a minha comichão espiritual.

No meio do deserto, tivemos a oportunidade de visitar as Minas do Rei Salomão, uma espécie de termas dos tempos bíblicos. No histórico lupanar, tivemos a oportunidade de conhecer (no sentido bíblico, é claro, de fora pra dentro) as famosas messalinas hebréias que não dão pra ninguém mas, em compensação, emprestam o sexo a juros extorsivos.

Ainda na Palestina, visitamos a cidade de Sodoma, onde provamos a comida típica da região, a rabada sodomita, iguaria que o Enéas, o meu cunhado esquisitão, costuma oferecer aos amigos. Estivemos também em Gomorra, outra cidade pecadora, onde foi inventada a gomorria que é uma sacanagem muito pior que a sodomia. O Dr. Jacintho Leite Aquino Rêgo, psicoproctologista de fama internacional, queria desviar a nossa caravana na direção de Cafarnaum e em seguida rumar na direção do Cairo. O Dr. Jacintho, egiptólogo amador, pretendia examinar pessoalmente as Sete Pregas do Egito. Segundo o eminente e sábio psicoproctologista, o episódio das Sete Pregas do Egito é um dos mais importantes erros ortográficos do Antigo Testamento. Depois de andarmos por Seca e Meca, de déu em déu, com o sol a pino ardendo sobre as nossas cabeças, finalmente chegamos a um outro importante duplo sentido do Oriente Médio: o Estreito de Ormuz, no Mar Vermelho. Não poso negar o fato de que, após a passagem de Enéas pela inflamada região, o Estreito de Ormuz já não é mais tão estreito assim.

No Mar Vermelho embarcamos no vapor de bandeira turca, o *Al Jabah*, que levava um carregamento de opiáceos para a Espanha. Eu só conhecia a Turquia do filme *O Expresso da Meia-Noite* e posso dizer que o navio era muito pior. Os marinheiros turcos ameaçavam nos transformar em eunucos com suas cimitarras indomáveis caso não nos submetêssemos aos seus mais baixos e sórdidos caprichos sexuais.

ME ESPANHA QUE EU GOSTO

Foi com grande comichão, quer dizer, emoção, que divisamos Gibraltar, a famosa rocha que marca o final do Mediterrâneo. Escalavrados, desembarcamos na Espanha e imediatamente embicamos na direção de Sentaemalgo de Churumela, quer dizer, Santiago de Compostela, a cidadela mística da Espanha.

No início da estrada, o engarrafamento de peregrinos era colossal. Ficamos horas atrás de um grupo de *socialites* brasileiras que procuravam dar um sentido às suas existências vazias e fúteis e resolveram ir a pé do Faubourg Saint Honoré, em Paris, até a filial da Gucci em Santiago de Compostela. Para aumentar o sofrimento e a expiação da caminhada, as ricaças carregam centenas de sacolas da Prada, da Fendi, do Versace e do Dolce e Gabana. O Caminho de Santiago é assim, cheio de mistérios. Atravessamos vales, charnecas, pântanos e desfiladeiros pedregosos. A cada etapa, o peregrino avança em sua viagem interior e começa a se desfazer dos bens materiais, mesmo porque estamos em alta temporada e os preços são escorchantes.

Estava eu perdido nestes pensamentos quando, de repente, surgiu na minha frente uma iluminação feérica. Luzes multicoloridas piscavam intensamente ofuscando a minha visão. A princípio pensei que se tratava de uma visão mística. Uma epifania. Foi então que percebi: era uma filial do McDonald's! E o mais incrível: o dono da filial era o escritor Paulo Coelho. Ao me ver naquele estado deplorável, o estado típico daqueles que buscam alcançar a fé, o mago me alimentou espiritualmente com três Big Macs e um *milk-shake* duplo.

O DIÁRIO DE UM MAGRO

Aplacada nossa sede e nossa fome, o Paulo Coelho nos apresentou a conta. No entanto, logo no início de nossa jornada, já havíamos tomado a decisão dramática de abrir mão de todas as riquezas materiais. Ao longo da peregrinação espiritual, bebíamos apenas as águas dos regatos, fumávamos as ervas do bosque e comíamos os animais silvestres. Mas só os maiores de 18 anos, é claro.

Ao constatar a nossa pobreza franciscana buarque de hollanda, o mago Coelho, irritado com aquele prejuízo inesperado, resolveu nos fazer uma revista aprofundada. Imediatamente, meteu as mãos pelos bolsos da minha calça procurando encontrar algum, quando, de repente, seu rosto se iluminou em profundo transe místico. Apesar do meu constrangimento, Coelho revelou a todos os presentes que eu era um espírito superior pois tinha o Terceiro Olho desenvolvido. Tomado pela inveja, Enéas, o meu cunhado esquisitão, abaixou as suas calças para mostrar que também possui poderes acústico-mediúnicos. A Isaura, a minha patroa, não se fez de rogada, e também exibiu a sua olhota mística. Num efeito de histeria coletiva, todos os presentes passaram a exibir, em transe místico, os seus chacras secretos.

Aproveitando aquela exibição generalizada, o Dr. Jacintho Leite Aquino Rêgo aproveitou para fazer uma sessão de psicoproctologia de grupo que sai muito mais barato. Até aquele momento, eu levava uma vida devassa e irresponsável atolado no vício e no pecado. Essa loucura sem fim me levaria direto para o Inferno, sem escalas. Aquela descoberta mística me abriu os olhos para a espiritualidade latente que havia dentro de mim. No bom sentido, é claro, de fora para dentro da *anima*. Compreendi então que deveria seguir para um mosteiro no Nepal. Lá poderia desenvolver melhor a minha terceira visão. Quando o indivíduo aprende a usar direito os poderes do seu Terceiro Olho, pode obter muitas vantagens: ser promovido no emprego, comprar um carrão importado, namorar louras e, até mesmo, virar pagodeiro.

NEPAL, É PEDRA, É O FIM DO CAMINHO!

Foi então que peguei mais um navio, desta vez um cargueiro tailandês, o *Lobsang Rampa*, que levava um carregamento de escravas brancas para uma casa de massagem na Malásia. Mas infelizmente abandonei o navio mercante no meio da viagem, em pleno Mar da China, quando percebi no mapa do comandante que o Nepal, assim como Minas Gerais, não é banhado pelo mar.

Embiquei então na direção das montanhas do Himalaia, pois me disseram que o Tibete ficava por ali. O Tibete é como aquelas mulheres boazudas que aparecem peladas na *Playboy*: um lugar de difícil acesso. A Cordilheira do Himalaia é muito escarpada, parece a Rocinha. Só que os traficantes do maior morro do mundo morreram todos soterrados nas monumentais avalanches que ocorrem por ali. Seguimos então, amarrados por cordas, subindo na direção dos picos nevados himalaianos.

À medida que subíamos, respirar se tornava um suplício. O ar era tão rarefeito que, quando alguém soltava um pum, imediatamente os outros corriam para tentar respirar o flato em busca de um pouco de oxigênio, mesmo se fosse gás carbônico.

A subida do Himalaia também estava congestionada. Na nossa frente tinha umas 18 equipes de televisão filmando documentários, centenas de alpinistas sociais e até mesmo o apresentador Larry King, o Jô Soares da CNN, que seguia na direção do Everest onde pretendia entrevistar o Abominável Homem das Neves. Exausto com aquela escalada, de repente, tive mais uma visão mística, o que já estava me enchendo o saco. Um velho de barba branca, coberto de neve, saiu das profundezas da montanha caminhando na minha direção. A princípio, pensei que era o Papai Noel, mas, à medida que ele se aproximava, percebi que o velho era o encanecido galã Richard Gere, budista ortodoxo, em busca de um Oscar.

INTRODUZINDO NO BUNDISMO

Ao verem aquele grisalho astro do cinema e símbolo sexual ao vivo, todas as mulheres da minha expedição resolveram dar para ele. No caso, Isaura, a minha patroa, e Enéas, o meu cunhado esquisitão.

Todos sabem que Richard Gere é budista praticante e, assim sendo, imediatamente engatou uma ilustrativa palestra com o Dr. Jacintho Leite Aquino Rêgo, psicoproctologista profissional e um estudioso diletante de Buda. Gere, sempre galante, nos convidou para passar a noite no seu mosteiro particular do Tibete. O mosteiro de Gere tem 15 suítes, heliporto, piscina aquecida, sauna e a melhor vista para o vale do Himalaia. Conhecemos a sala de ginástica que pertenceu à modelo Cindy Crawford, ex-esposa de Gere, que ele abandonou para se casar com o Dalai Lama.

Em seguida, o ator me convidou para tomarmos um *brandy* à beira da lareira, pois, na prática do budismo, é muito importante a vida contemplativa. Foi então que Gere levou-me até o seu cofre onde ficamos horas contemplando os 25 milhões de dólares que ele ganhou no seu último filme. Eu estava ali, naquele transe hipnótico e meditativo, quando Richard começou a me iniciar nos mistérios da filosofia budista.

A prática do budismo é muito arriscada nos dias de hoje. O praticante do budismo tem que seguir estritamente os rituais sagrados da liturgia para impedir que acabemos vitimados por alguma religião infectocontagiosa. Assim como os muçulmanos, os praticantes do budismo devem proceder a uma rigorosa higiene de todas as extremidades e concavidades do corpo humano. Em seguida, para uma perfeita purificação espiritual, os postulantes ao cargo de monge devem submeter-se a um vigoroso enema para expulsar os maus espíritos. Finalmente, o indivíduo tem que raspar a cabeça. A raspagem da cabeça não tem nenhum significado religioso, é só para ficar mais bonitinho mesmo.

Assim como os garis da Comlurb, os monges budistas vestem trajes cor de abóbora, mas sem aquelas faixas prateadas fluorescentes, o que faz com que muitos monges sejam atropelados à noite quando estão varrendo as estradas do Tibete.

A PEQUENA BUDA

Comecei então a estudar os ensinamentos e as palavras sagradas dc Buda, o Sidartha, dc Hcrmann Hcssc. Sidartha Gautama, vulgo Buda, nasceu na Índia, onde era magro e miserável. Cheio de fome, Sidartha Gautama mudou-se para a China, onde arrumou um emprego de entregador do China in the Box. Submetido a uma dieta rica em gorduras e caixinhas de papelão, o homem santo foi adquirindo proporções gigantescas, transformando-se na rotunda figura que hoje decora milhares de templos orientais e restaurantes chineses.

Apesar de não ser boiola, Buda nos ensinou que devemos amar os nossos semelhantes. Ele falou também que a alma dos seres vivos é imortal podendo evoluir ou involuir a cada encarnação. Por exemplo: se um jogador de futebol tem um bom comportamento ao longo de toda a sua existência, na próxima encarnação poderá vir encarnado como cantor de pagode. Se o cantor de pagode não cumprir corretamente o seu carma terrestre, ele será punido reencarnando na forma de modelo e atriz. Como vocês podem ver, a evolução da alma humana é muito lenta.

Imbuído de todos estes ensinamentos metafísicos e de todas as experiências que vivi ao longo deste meu périplo místico espiritual, percebi então que chegara a uma encruzilhada em minha vida. Um momento de grande iluminação interior e que me apontava um só caminho: já estava na hora de abrir a minha própria religião!

Assim que concluí o meu curso de místico superior intensivão, recebi o meu diploma das mãos do Dalai Lama em pessoa. O Ronaldinho do Nepal desejou-me sorte na minha nova religião mas disse-me que, antes de exercer o meu ofício de místico, eu deveria fazer um estágio na Índia, centro mundial do esoterismo.

À ÍNDIA FUI EM FÉRIAS PASSEAR!

Imediatamente, parti para a cidade santa de Varanasi, onde pretendia tomar um banho purificador nas águas sagradas do Rio Ganges. O Rio Ganges é uma espécie de Tietê místico, onde homens santos, faquires, ascetas, eremitas, elefantes e tigres de bengala se banham em busca de espiritualidade. Acontece que o Ganges é mais poluído que a Praia de Ipanema no verão e, para piorar a situação, os hindus têm por tradição tacar fogo nos seus mortos e jogar as cinzas no rio. Para o hindu, o Ganges é sagrado, serve como templo, privada e cemitério.

A Índia é um país místico que disputa com Bangladesh e o Paquistão para ver qual o povo mais miserável do planeta. Na Índia, as vacas são sagradas, fato que deixou muito envaidecida a Isaura, a minha patroa.

Mas, infelizmente, alguns hindus infiéis transgrediram os Vedas Sagrados e comeram a minha mulher impiedosamente. Enéas, o meu cunhado esquisitão, aproveitou para aprender os mistérios do encantamento de cobras. Entusiasmado, Enéas não só provou ser um habilidoso encantador de serpentes como também mostrou aos incrédulos hindus a arte de engolir ofídeos, cobras e outros répteis de duplo sentido.

Pesquisador incansável, o Dr. Jacintho Leite Aquino Rêgo, meu *personal psicoproctologist*, aproveitou para estudar *in loco* as terríveis conseqüências da dieta alimentar dos hindus toda baseada em *curry*, pimentas e outras ardências. Segundo o Dr. Jacintho, as hemorróidas são endêmicas na Índia. O flagelo desta constrangedora moléstia de fundo intestinal faz milhões de vítimas todos os anos. Com o exagero dos *curries*, das pimentas e de outras especiarias barra pesada, o pavilhão retofuricular dos hindus vive em petição de miséria, o que dificulta a prática da psicoproctologia.

Enquanto homem santo de carteirinha, tive que abdicar de todos os bens materiais e, com a grana curta, só consegui hospedagem num hotel cinco estrelas para faquires. Dormíamos em camas de pregos e o café tinha vidro moído no lugar do cereal. O pior de tudo é que tínhamos que passar a noite num caixão enterrado no chão e sem ar-condicionado. Depois de uma semana nesse sofrimento sem fim, concluí que a minha missão e a minha paciência tinham chegado ao fim. Purificado e iluminado, percebi que era hora de voltar para o Brasil onde, graças a minha sabedoria e misticismo, muitos otários aguardavam ansiosos para seguir a minha religião: o Agamenismo. Ao desembarcar na Praça Mauá, juntei umas pessoas e recitei o mantra sagrado da minha religião: Todo mundo nu! Para dar o exemplo, fui o primeiro a me despojar de meus panos andrajosos. Infelizmente, ninguém quis seguir este meu ato de fé. Ao me verem ali, pelado, os fiéis se decepcionaram com as exíguas dimensões do conteúdo místico da minha proposta religiosa e me vaiaram impiedosamente.

Diante daquele mico, percebi que eu não possuía a grandeza necessária para ser um verdadeiro homem santo, venerado pelas mulheres e invejado pelos homens, e assim voltei à minha profissão de jornalista escroque, mau-caráter e investigativo.

***

Agamenon: Testemunha Retofuricular da História

A SEGUNDA GUERRA A GENTE NUNCA ESQUECE

O Mundo ainda estava em recuperação, depois de levar bomba na Primeira Guerra Mundial, quando os líderes mundiais, entediados com a pasmaceira reinante, resolveram abrir concorrência para mais uma guerra. Neste terrível conflito militar, os povos se superaram em barbaridades e atrocidades genocidas: os alemães mataram os judeus, os russos mataram os alemães, os americanos mataram os japoneses e os brasileiros mataram o trabalho para conhecer a Europa. A Alemanha destroçada só foi se recuperar em 1990 na Copa da Itália. O Japão também capitulou, mas depois vingou-se da derrota humilhante espalhando pelo mundo o karaokê.

FIGURAÇAS DA SEGUNDA GUERRA MUNDIAL

ADOLF HITLER

Pintor amador e genocida profissional, Hitler nasceu em Viena, na Áustria, onde fez análise com Sigmund Freud, o pai da psicanálise. Infelizmente, a terapia foi interrompida bruscamente quando o futuro *führer* alemão tentou colocar Freud dentro de um forno de cozinha. Conheci o Hitler pessoalmente no *Reichstag*, em Berlim. Naquela época remota, eu cobria, enquanto jornalista investigativo, a embaixatriz do Brasil na Alemanha. Hitler até que não era mau sujeito: ele era um péssimo sujeito!

Tarado, maníaco-obsessivo e racista, Hitler só detestava três coisas na vida: os judeus, os judeus e os judeus. Não necessariamente nesta ordem. Injuriado com a derrota do III Reich para o negro Jesse Owens nas Olimpíadas de 1936, ele invadiu a Polônia, um país católico, pelas costas, contrariando assim a Igreja que só admite a sodomia com fins de reprodução. Guloso e insaciável, o *führer* invadiu todos os países da Europa e só parou na fronteira de Portugal, o único país europeu situado na América do Sul. Inspirado na Disneylândia, Hitler e seus asseclas criaram os campos de concentração de Auschwitz, Sobibor, Treblinka e a Terra Encantada, que faliu depois de ser tomada pelo Exército Vermelho. Seus sonhos de conquista acabaram por causa da sua ambição desmedida: depois de quatro anos de guerra, o ditador alemão já tinha estourado o cheque especial, devia uma grana no cartão de crédito e vivia sendo perseguido pelo seu gerente de banco e os generais aliados. Trancado no seu *bunker*, Hitler preferiu se matar ao ver seu nome no SPC e, num gesto desesperado, colocou uma bala na cabeça de Eva Braun, uma bala na cabeça de seu cachorro Sultão e uma bala de hortelã na sua boca. Hitler terminou seus dias no interior de Santa Catarina, onde ganhava a vida como porteiro de uma sinagoga.

Ao final da guerra, Luftwaffe, a poderosa Aeronáutica alemã, estava completamente destroçada e os nazistas tiveram que improvisar um pouco.

CHURCHILL

Churchill passou a guerra inteira atrás de um charuto e, por causa da fumaceira, seus inimigos nunca conseguiram acertá-lo. Quando não estava fumando charuto, Churchill se dedicava a fazer frases de efeito como: "Só vos peço sangue, suor e uma *pizza* de calabresa!", "A Guerra é Fria mas a minha mulher é muito mais!" e "O pênalti é tão importante que deveria ser batido pela própria rainha da Inglaterra". Foi educado nas melhores escolas: Eaton, Cambridge e a Universidade Estácio de Sá, onde se formou em Turismo. Conheci Churchill quando era correspondente da CNN junto com Antonio Calado, Ivan Lessa e João Saldanha. Calado falava muito, Ivan Lessa ficava calado o tempo todo e o Saldanha tossia. Por isso, o trabalho todo ficava nas minhas costas. Numa enevoada madrugada londrina, debaixo das bombas alemãs, Churchill me convocou ao War Cabinet. Estressado com o bombardeio, o velho político pediu que eu lhe apertasse um charuto de maconha. Completamente inebriado pelos eflúvios maléficos da marofa, Churchill decidiu que ia invadir a Normandia. Normandia era a secretária boazuda do general Montgomery que, naqueles dias, estava lutando na África. Mas a secretária recusou a operação de guerra. Ela estava num daqueles dias. O Dia D.

FRANKLIN DELANO ROOSEVELT

Quando o presidente Roosevelt assumiu a presidência, os Estados Unidos estavam numa merda de fazer gosto. A América parecia um artista em crise na revista *Caras*: estava na maior Depressão. Otimista e paraplégico incurável, Roosevelt transformou os Estados Unidos numa potência muito antes do advento do Viagra. Ao contrário de Bill Clinton, Roosevelt tinha uma vida sexual moderada. Só da cintura para cima. Graças a sua política do New Deal, o presidente recuperou a economia americana construindo obras faraônicas como a represa Hoover, a Estátua da Liberdade, o Empire State Building e a Disneylândia. Franklin Delano Roosevelt lançou as bases da política da boa vizinhança e melhorou as relações Brasil-EUA comendo a Carmen Miranda e o Zé Carioca. Por sua vez Orson Welles, o cineasta insaciável, comeu as irmãs Batista, a Marlene, a Emilinha, o Heron Domingues, o Amaral Peixoto e o Felinto Müller. Em dezembro de 41 os japoneses covardemente atacaram Pearl Harbour, no Havaí. O objetivo dos nipo-amarelos era acabar com os filmes de Elvis Presley. Para defender o mundo livre, Roosevelt decidiu entregar o comando militar aos generais Eisenhower, Patton, Bradley, MacArthur e à família Gracie. Os Estados Unidos derrotaram os nazi-fascistas do Eixo em batalhas memoráveis como: Glória Feita de Sangue, Os Canhões de Navarone, A Lista de Schindler e O Resgate do Soldado Ryan. Eu conheci o Roosevelt pessoalmente durante a Conferência de Ialta quando os Quatro Grandes (Jonh Holmes, Long Dong Silver, Rocco Sifredi e Antonio Pitanga) se reuniram para decidir na casa de quem seria a próxima guerra mundial. Infelizmente, Roosevelt não viveu para assistir à grande final da Segunda Guerra entre Japão e EUA, quando o Império do Sol Nascente, apesar de jogar em casa, perdeu de goleada.

GOEBBELS

Goebbels era o grande responsável pela propaganda nazista, ele era uma espécie de Washington Olivetto do Hitler. Especialista em propaganda de massa, Goebbels tinha as contas da Volkswagen, da Siderúrgica Krupp, do Creme Nívea e do Partido Nazista. Goebbels participava do Alto Comando Hitlerista ao lado de Goering, Beckenbauer, Sepp Mayer, Eichmann, o carrasco de Auschwitz, Martin Borman, o açougueiro de Sobibor, e Jopeph Mengele, o quitandeiro de Treblinka. Isso sem falar nos poderosos generais que devastavam a Europa com as suas Divisões Panzer: Rommel, a Raposa do Deserto, Von Rundsthet, o Tigre dos Bálcãs, e Fassbinder, o Veado da Baviera. O genial marqueteiro nacional socialista criou as temíveis SS, tropas de elite, inspiradas em Silvio Santos, e que tinha nas suas fileiras: Ratinho, Hebe Camargo, as Chiquititas e todos os comediantes da *Praça É Nossa*. O objetivo desta tropa era destruir a TV Globo e o Mundo Livre.

MUSSOLINI

Ditador italiano que, assim como o Baggio, meteu a Itália na maior derrota da sua história. Fanfarrão, falastrão, bufão e macarrão, Mussolini inventou o fascismo à italiana que, por sua vez, deu o Oscar de Melhor Ator a Roberto Benigni. Apesar do seu histrionismo, Mussolini não passava de um esparro de Hitler. Tentando imitar seu ídolo alemão, invadiu a Etiópia mas não conseguiu matar ninguém porque a população etíope já tinha morrido toda numa exposição do Sebastião Salgado. Até para morrer, Mussolini fez questão de ser tipicamente italiano: acabou pendurado feito um salame na Piazzale Loreto, em Milão.

O DIA D – O DESEMBARQUE DA NORMANDIA

Agamenon Mendes Pedreira e João Saldanha foram os primeiros jornalistas a desembarcar na Normandia...

... e assim que os alemães abriram fogo foram os primeiros a bater em retirada.

⁎

O Enema é a Maior Diversão!

A MAGIA DE HOLLYWOOD: OS ÂNUS DE OURO DO CINEMA

No princípio do século o cinema era mudo, e o que é pior: era surdo também. Al Johnson foi o primeiro negro a ter voz no cinema mundial, uma espécie de Michael Jackson que deu certo. Antes do cinema falado só existia o cinema felado: as pessoas só iam lá pra ficarem se bolinando umas às outras. O cinema felado revelou os primeiros astros milionários de Hollywood: Mary Pickfode, Charles Chapeleta (condenado por pedofilia depois que filmou *O Garoto*), Bucer Keaton, Fattie Arbunckle (conhecido no Brasil como Chico Peia) e Rodolfo Intestino que foi o primeiro galã homossexual a introduzir o microfone na frente das câmeras.

O *boom* da indústria cinematográfica começou durante a Grande Depressão quando os americanos, desempregados e famintos, entravam nos cinemas para comer os estofamentos. No final da década de 30, uma película marcou definitivamente a história da indústria cinematográfica: *E o Vento Levou* com Tarcisio Meira no papel de Clark Gable e Mazzaropi no papel de Scarlet O'Hara. Enquanto isso, na Rússia Comunista, o revolucionário Sergei Eisenstein filmou o *Encouraçado Potemkin* criando o Cinema Chato, movimento cultural que influenciou o Cinema Novo cujos maiores expoentes foram os irmãos Martha e Gláuber Rocha.

Os grandes musicais também marcaram época: *Cantando na Chuva*, *Sinfonia em Paris* e *O Picolino*. Todos estrelados por Fred Astaire e Gene Kelly, os únicos dançarinos espada que o cinema já conheceu.

Orson Welles criou um dos maiores clássicos de todos os tempos, *Cidadão Kana*, baseado na vida de Jânio Quadros. Em grandeza, Orson Welles só foi superado por Marlon Brando que ficou muito mais gordo do que ele. A obesidade de Brando é tamanha que o grande ator é obrigado a viver numa ilha só pra ele.

Outro mestre da sétima arte foi Alfred Hitchcock, o gênio do suspense, que eletrizou gerações com seus filmes cheios de crimes e que muito contribuíram para o aumento da violência nos cinemas. Entre os clássicos de Hitchcock temos *Um Corpo que Cai*, *Trama Macabra*, *Psicose* e *Churumela Indiscreta*.

As atrizes de Hollywood sempre foram conhecidas pela sua generosidade sexual. Elizabeth Taylor e Ava Gardner deram mais que figurante de novela brasileira, mas foi na década de 50 que surgiu o maior mito sexual de todos os tempos: Marilyn Monroe. Marilyn começou por baixo: por baixo do porteiro do estúdio, por baixo do assistente de produção, por baixo do assistente de direção, por baixo do *cameraman*. No entanto, Marilyn Monroe só se tornou uma grande estrela depois que ficou por baixo dos Kennedy. Arrependida e deprimida com aquela vida de putaria desenfreada, Marilyn Monroe entrou para a Igreja Universal e filmou um clássico: *Quanto mais Crente Melhor*, de Billy Wilder. Mas de todos os artistas de Hollywood, o que mais comeu gente, sem dúvida nenhuma, foi o Tubarão, de Steven Spielberg.

Além de Ronald Reagan e Victor Mature, outros animais despontaram para a fama como a cachorra Lessie (que mais tarde foi contratada pelo grupo É o Tchan), a macaca Xiita (que mais tarde largou o cinema e entrou para o PT) e o cavalo Mister Ed (que mais tarde tornou-se presidente no Brasil)

Um Repórter que 60,
Quer Dizer, se Senta

A década de 60 começou sob a ameaça da Guerra Frígida onde milhões de mulheres inglesas sucumbiram depois de passarem noites a fio tentando atingir o Orgasmo. A Alemanha foi dividida em duas depois da II Guerra Mundial: a Hitlerista e a Nazista. O Orgasmo era um ponto estratégico encravado entre as duas potências germânicas. Se este ponto nevrálgico da geografia européia fosse friccionado em movimentos regulares crescentes, o mundo ocidental cristão estaria ameaçado de explodir em gozos espasmódicos provocando a destruição de todos os valores morais do mundo livre. Assim, para separar o capitalismo e a democracia do comunismo ateu e sodomita, foi construído o Muro de Berlim, o Muro da Vergonha.

Outros acontecimentos espocaram em todo o Globo Terrestre transformando a década de 60 num período de inquietação revolucionária, demolição das estruturas arcaicas, pujança criativa e putaria generalizada.

Injuriados com a careta Sorbonne que instituiu o banho diário obrigatório para todos os estudantes de nível superior, os jovens franceses saíram às ruas liderados por Daniel Cohn-Bendit, le Cochon Rouge, para protestar contra mais esta violência gaullista. Esse episódio entrou para a história como o Meio de 69, quando o *cunnilungus*, o *felaccio* e o latim foram introduzidos no currículo obrigatório das universidades francesas.

Os primeiros vibradores que apareceram no mercado eram bastante rudimentares e de formas pouco anatômicas.

Enquanto isso, na cinzenta e comunista Tcherecoslováquia, nascia um movimento de caráter liberalizante liderado pelos homossexuais socialistas, todos partidários da Terceira Via: A Primavera de Prega. Estas bichas heróicas enfrentaram de frente e de costas os tanques russos do Pacto de Varsóvia. Os boiloslovacos queriam acabar com a opressão dos comunistas conservadores que consideravam a veadagem um crime contra o Estado. O que era uma contradição em si, pois os gays da Cortina de Ferro queriam mais era socializar as suas bundas brancas e geladas.

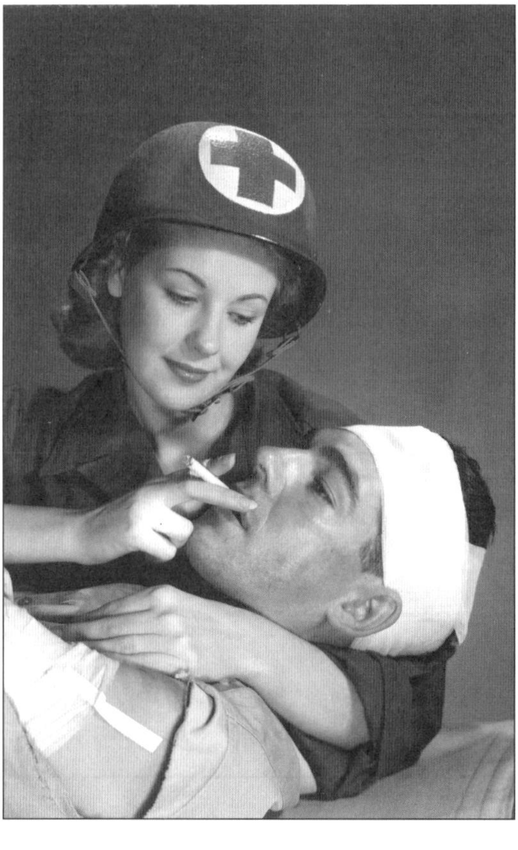

A sangrenta Guerra do Vietnã foi a primeira guerra psicodélica da história. Os médicos americanos recomendavam o uso da maconha para aliviar as dores e a falta de mulher na frente de batalha.

Enquanto isso os americanos se afundavam na lama do Vietnã e de Woodstock. Na ofensiva do Thet, o poderoso Exército americano sucumbia frente aos pequenos e maldotados vietnamitas comandados por Ho Chi Min, dono de uma enorme cadeia de pastelarias no sudeste asiático e no centro de São Paulo. O pau comia no mundo inteiro e essa situação se tornou mais crítica com a difusão do uso das pílulas anticoncepcionais.

As pílulas anticoncepcionais foram um marco na vida sexual da humanidade, pois pela primeira vez os casais puderam separar o sexo da sacanagem. Antes dela, praticava-se o *coitus interruptus*. O *coitus interruptus* é uma prática burocrática onde o exercício do sexo parecia mais uma repartição pública: o sujeito chegava, pendurava o paletó na mulher e largava o sexo no meio para tomar um cafezinho.

A pílula liberou os casais para o sexo sem culpa e sem compromisso, o que serviu para aumentar em muito a cornitude no mundo. A fornicação era total, o ambiente no planeta era de puro sexo. Ninguém era de ninguém. Antes da pílula, as mulheres não davam pra mim e, depois dela, é que passaram a não me dar mesmo. Na década de 60, você andava nas ruas se desviando de casais que copulavam nas calçadas feito cães no cio. Velhos, jovens, adolescentes impúberes e até mesmo casais casados passaram a fazer sexo todos os dias. Injuriado com esta pouca-vergonha, o Papa João XXIII publicou a encíclica *Levum Norabum* que, traduzido do latim, quer dizer: Tudo menos beijo na boca. Essa revolucionária encíclica papal deu origem à Teologia da Libertação da Franga que teve em Leonardo Bofe a sua expressão máxima.

Toda nudez não era castigada, pelo contrário, era incentivada. Mary Quant subiu a altura das saias até a altura das trompas de Falópio, abrindo caminho para a exploração predatória da floresta amazônica e a devastação da Mata Atlântica. Em Saint Tropez, Brigitte Bardot lançava o monoquíni que causou furor. Furor uterino. O hoje ingênuo monoquíni consistia numa espécie de suspensório de peito acoplado a um biquíni. Horrorizado com aquela pouca-vergonha, o presidente Jânio Quadros proibiu no Brasil o monoquíni, a rinha de galos e a briga de aranhas.

Com a invenção da pílula anticoncepcional, as mulheres passaram a afogar o ganso com muito mais tranqüilidade.

***

Agamenon: Um Cronista da Dentadura

APERTEM A DITADURA: O EMBAIXADOR SUMIU!

A nossa esquerda parece professor de Português: vive do Passado e do Pretérito Imperfeito. Até hoje estão discutindo o seqüestro do embaixador americano e se Enver Hoxa, o Stédile da Albânia, era ou não era veado. Por isso resolvi abrir o meu baú (coisa que normalmente quem faz lá em casa é a Isaura, a minha patroa) para colocar em pratos limpos e de uma vez por todas como foi o seqüestro do embaixador norte-americano Harry Stone.

Apavorados com a possibilidade do Brasil virar um país comunista de esquerda, os militares tomaram o poder. O problema é que quando eles chegaram no Palácio do Planalto, descobriram que o Jânio Quadros, antes de renunciar, já tinha tomado o poder todo, até a última gota.

Em 68 eu era um velho rebelde, idealista e saliente e, por isso, combati a ditadura militar com unhas e dentes que, posteriormente, foram arrancados no DOI-CODI. Para começo de conversa, quem produziu o seqüestro do embaixador foi o Luís Carlos Barreto. A idéia de pegar o diplomata americano Herbert Richers nasceu da mente privilegiada do atual deputado Carburando Gabeira que teve essa genial idéia depois de fumar um livro do Lênin da melhor qualidade que ele mandou vir do Ceará. Mesmo naqueles tempos tenebrosos da ditadura, Gabeira já era cuidadoso com o seu visual de vanguarda. Enquanto os outros terroristas usavam um capuz para se comunicar com o embaixador americano Ronald McDonald, Gabeira colocava uma sunga de crochê na cabeça.

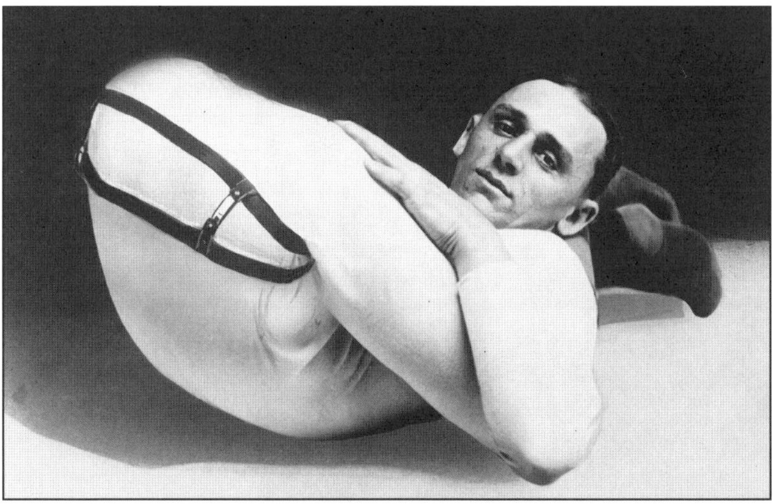

Os guerrilheiros colocaram o embaixador americano do lado avesso para não chamar a atenção das forças da repressão.

A vida na clandestinidade era muito dura. Passávamos o dia inteiro trancados no aparelho subversivo ouvindo Pink Floyd e comendo um leite condensado da melhor qualidade, da lata, que o Gabeira mandou vir de Pernambuco. Durante as tardes discutíamos o futuro do socialismo com o embaixador Arthur Andersen. Ele não compreendia nada do que nós falávamos, mas tudo bem, a gente também não entendia nada do que ele estava dizendo.

Infelizmente, a repressão conseguiu descobrir o nosso esconderijo quando os vizinhos ligaram pra polícia reclamando do futum insuportável que vinha do nosso aparelho. Também pudera, todo mundo estava há mais de um mês sem tomar banho, inclusive o embaixador americano R. J. Reynolds.

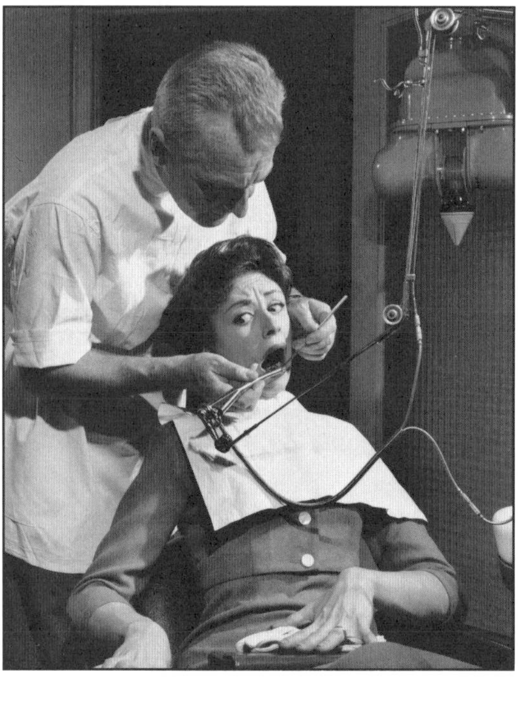

Os militares suspenderam as liberdades democráticas e instituíram a tortura científica no Brasil.

Muitos anos depois o arqueólogo e cachorro farejador Rex encontrou a ossada do Che Guevara, que mais tarde foi mandada para Cuba onde fizeram uma sopa.

***

Agamenon: O Cri-crítico Musical

A BUÇA NOVA E O TROPICANALHISMO

Ainda me lembro, como se fosse agora, da efervescência cultural dos anos 60 no Brasil quando a Isaura, a minha patroa, ainda era uma criatura que dava um caldo. O caldo que ela servia no Beco das Garrafas fazia muito sucesso com os artistas em início de carreira que precisavam comer alguma coisa a preços módicos.

Enéas, o meu cunhado esquisitão, freqüentava a Faculdade de Filosofia e, naquela época, já era um homem (*sic*) à frente e atrás do seu tempo. Enéas era um líder subversivo muito falado.

Ativista e passivista de esquerda, ele participou de ações terroristas ousadas para os padrões da época quando a classe média careta e preconceituosa não aceitava determinadas práticas políticas. Mesmo sob tortura cruel, Enéas, bravamente, jamais renegou suas convicções políticas de que todos os homens são iguais mas alguns são mais simpáticos e bonitões que os outros.

Já eu, naquela época, não passava de um alienado. Freqüentava a casa de Nara Leão onde funcionava o Zicartola, lugar célebre onde o João Gilberto faltou ao seu primeiro show inventando a Bossa Nova e o processo de uma nota só. Por afinidades ideológicas e intelectuais, me liguei à Turma da Pilantragem, liderada pelo pensador carioca Carlos Imperial e o genial, Wilson Simonal, que apontava os caminhos do grupo.

Bons tempos aqueles... Eu, Imperial, PC Farias, Cara de Cavalo, Mineirinho e o Capitão Aza participávamos das reuniões do CPC (Centro Popular de Comunistas) ali no cinema Paissandu que ficava ao lado do Teatro Opinião onde acontecia o show "Arena conta o MDB".

Era a época do Cinema Novo, onde pontificavam os gênios de Gláuber Rocha, Jean Manzon e Mazzaropi de cujos filmes herméticos eu nada entendia. Devido à minha grande ignorância, invejada por todos os freqüentadores do Sacha's, tornei-me crítico de cinema da *Luta Democrática* onde defendi a dublagem dos filmes de Godard. Neste mitológico jornal conheci grandes jornalistas do passado que, infelizmente, já morreram mas não sabem.

Lembro-me como se fosse ontem da histórica Passeata dos 100 Mil e de como não pude participar daquele ato político contra a ditadura pois só tinha 50 mil na carteira.

***

Feira de Ciências: Agamenon Analisa as Grandes Invenções do Século

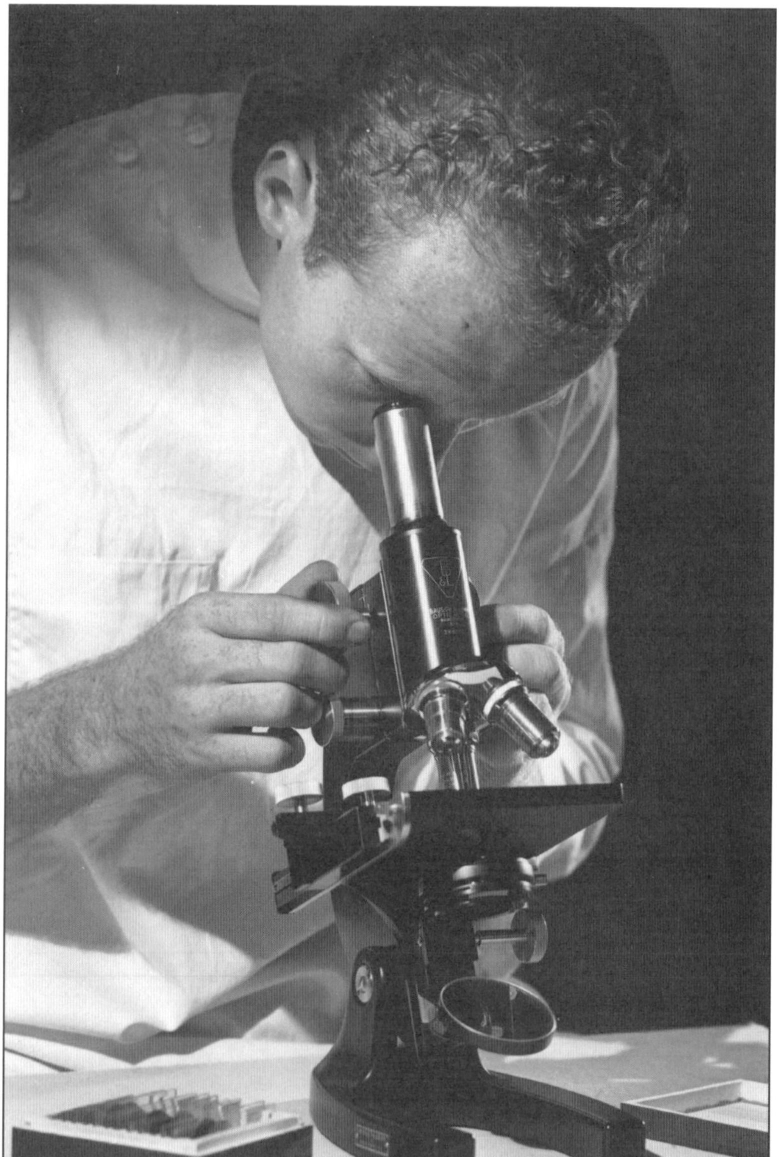

A invenção do Microscópio Eletrônico permitiu, pela primeira vez, que os cientistas enxergassem um pênis japonês.

Com o advento do Viagra os perus voltaram a ficar assados. O Viagra deixa o pau duro e o Xenical faz o cocô ficar mole. No entanto, o uso dos dois medicamentos simultaneamente causa um efeito indesejável: o cocô fica duro e o pau fica mole.

Na década de 30 surgiu o primeiro Telefone Celular, ainda muito rudimentar. Mas esta maravilha da tecnologia contemporânea só foi dar linha na década de 90.

Com o aparecimento da gonorréia, o uso de preservativos aumentou muito.

Antes da invenção da Geladeira, as pessoas eram obrigadas a estocar comida dentro de mulheres inglesas para que os alimentos não deteriorassem.

As Grandes Viadagens,
quer dizer, Viagens de Agamenon

CRUZANDO NO CARIBE

Uma das vantagens da profissão de jornalista de imprensa é que, além dos jabás, bocas-livres e achaques, sempre se pode arrumar umas viagens de graça em troca de algum elogio ou crítica favoráveis imparciais e isentas. Assim, satisfeito da vida, embarquei no luxuoso transatlântico grego *Andros Menopausolos* acompanhado da Isaura, minha patroa, e Enéas, o meu cunhado esquisitão. Chamei também o Dr. Jacintho Leite Aquino Rêgo, meu personal psicoproctologista, renomado cientista de fama mundial. Como guia espiritual do nosso passeio, convidei o padre Morcelo Rossi que ficou de dar aulas de lambaeróbica cristã para os milhares de turistas que abarrotavam a suntuosa embarcação greco-espartana.

Preocupados com o meu conforto e devido ao meu elevado prestígio, reservaram para minha *entourage* uma cabine de dois metros quadrados ao lado das caldeiras do navio. Apesar de confortáveis e aconchegantes, as nossas instalações eram um pouco exíguas, o que nos obrigava a dormir em pé. Mesmo assim, inspirados pelos calores fumegantes das caldeiras e pelo clima romântico dos cruzeiros marítimos, Isaura, minha patroa, e eu fizemos sexo todas as noites com ou sem a presença um do outro. Para não provocar um constrangimento nos nossos convidados, pedíamos que todos se virassem contra a parede para não presenciarem as nossas cenas de sexo selvagem e animal só vistas antes nos documentários do Discovery Channel.

O único problema de ficarmos alojados ao lado da caldeira do navio é que, às vezes, o contramestre e seus foguistas nos tacavam nas fornalhas, pensando que éramos combustível. Esta pequena distração nos provocou queimaduras de primeiro grau, segundo grau e nível superior, já que os rústicos homens-do-mar esqueceram de nos untar com filtro solar. Mas estas coisas são comuns em cruzeiros luxuosos pelo Caribe.

AL MARE E AL DENTE

A comida no navio era de nível internacional: os cozinheiros eram da Somália e de Bangladesh, os doceiros de Burkina Fasso, os padeiros do Gabão e os garçons de Ruanda que, sempre esfomeados, comiam tudo antes que os pratos chegassem na mesa. Mas como éramos convidados do capitão, tínhamos direito a certas regalias e privilégios. Assim, para aplacar a nossa fome, comemos todas as bóias do navio a título de rosquinha.

Quem mais se divertiu no passeio foi, sem dúvida, o Enéas, o meu cunhado esquisitão. Para ele, estar num navio cercado de marinheiros gregos era como estar num Paraíso em terra. Em terra com duplo sentido, por favor. Solícitos, os marujos helênicos levaram o inocente Enéas para conhecer todos os cantos do transatlântico, para que o meu cunhado tivesse a noção exata de como funciona um navio por dentro. Rapaz educado, ele retribuiu o gesto, convidando os homens-do-mar para ver como ele funcionava por dentro. Enquanto Éneas mostrava o tombadilho para a marujada, surgiu o padre Morcelo Rossi, que comandava um grupo de fiéis num bingo beneficente. Ao ver aquela cena dantesca, o religioso carismático imediatamente condenou o ato, uma vez que, para a Igreja, o homossexualismo só pode ser praticado com fins de reprodução.

Revoltados com as insinuações do sacerdote *popstar*, os marinheiros gregos, másculos e viris, começaram uma acalorada discussão teológica com o padre aeróbico. Os gregos alegavam que aquilo não poderia ser considerado boiolagem, mas sim uma filosofia de vida. Citando Platão, Aristóteles, Sófocles, Onassis e George Michael, os grumetes explicaram que os seus antepassados já praticavam o amor entre iguais, mas sem envolvimento emocional. Diante de um impasse entre a ortodoxia canônica e a apologia da veadagem, armou-se um tremendo barraco no navio que, em poucos minutos, degenerou num violento motim.

Para acabar com aquela bagunça no seu transatlântico, o comandante Demetrius Papakoulos, sempre soberano, ordenou que eu e meus companheiros de viagem fôssemos colocados numa balsa e abandonados em alto-mar. Ao me ver perdido no meio das águas cristalinas do Caribe, cercado de tubarões assassinos, cheguei a pensar que as minhas férias iam terminar ali, mas não! As coisas iam piorar ainda mais! No horizonte, altaneira, apareceu a ilha de Cuba.

TEM CUBA EU?

A nossa chapa estava ficando quente ali, à deriva, em pleno mar caribense. O padre Morcelo Rossi já se preparava para nos dar a extrema-unção, sempre em ritmo de aeróbica, quando avistamos no horizonte longínquo uma nesga de terra firme. Estávamos salvos!

Em pouco tempo surgiu uma lancha da Guarda Costeira Revolucionária de Cuba. Os oficiais imediatamente nos multaram por andar na contramão já que o trânsito naquela região é sempre na direção Havana-Miami e não o contrário. Como não tínhamos dinheiro para pagar a multa e o suborno dos companheiros guardas-marítimos, fomos imediatamente presos já que em Cuba não pagar o suborno é crime inafiançável.

Com medo das autoridades cubanas, o padre Morcelo Rossi, sempre piedoso, escondeu o Enéas debaixo da sua batina, já que em Cuba os homossexuais são perseguidos, uma idéia, aliás, que o meu cunhado esquisitão não achou de todo má. Meu outro companheiro de viagem, o Dr. Jacintho Leite Aquino Rêgo, psicoproctologista de fama mundial, ficou curioso para conhecer a avançada medicina cubana, principalmente os modernos métodos de emagrecimento forçado.

PELAS BARBAS DE FIDEL!

Para quem não sabe, Cuba é uma espécie de Ilha de Caras dos comunistas e, logo que chegamos, fomos recebidos pelo próprio Fidel Castro em pessoa. Num discurso de oito horas, Fidel nos deu as boas-vindas e, assim que soube que a Isaura, minha patroa, era amiga íntima do Chico Buarque e do Sebastião Salgado, todas as portas de Cuba se abriram instantaneamente para nós. Quando o padre Morcelo Rossi viu a multidão que se formou ao redor do também carismático Fidel, aproveitou a muvuca para dar uma aula de aeróbica de Cristo. Mal sabia o atlético sacerdote que o catolicismo e a aeróbica são terminantemente proibidos em Cuba mesmo porque, devido ao clima inóspito e insalubre, somente a macumba e o socialismo sobrevivem na ilha de Fidel.

Infelizmente, devido ao criminoso bloqueio norte-americano, a carência de alimentos em Cuba é total e, para sobreviver, só me restava comer umas cubanas. Todos sabem que, graças à vitória do socialismo e à penúria generalizada, comer uma mulher em Cuba é a coisa mais fácil do mundo. Parece até o Carnaval carioca. As cubanas fazem sexo com você em troca das coisas mais prosaicas, um vidro de xampu, um rolo de papel higiênico ou até mesmo um toco de lápis sem ponta.

Eu já estava me sentindo um Hemingway, tomando um *mojito* na Bodeguita del Médio, quando as autoridades chegaram chefiadas por Fidel Castro em pessoa, que, depois de um discurso de 12 horas, ordenou que eu e minha comitiva fôssemos colocados numa lata de sardinha e lançados ao mar. O motivo desta arbitrariedade foi que a Isaura, minha patroa, adepta do livre mercado, começou a dar para os turistas por muito menos que as cubanas, num flagrante de *dumping* sexual explícito que, segundo Fidel, colocava em risco a estabilidade da economia socialista.

FUMACÊ NA JAMAICA

Mais uma vez estávamos à deriva, em alto-mar, cercados de ferozes tubarões assassinos que, àquela altura, já eram nossos amigos íntimos e só queriam nos comer numa boa, sem envolvimento emocional. Por um instante achei que minhas férias e minha vida tinham chegado ao fim, depois de semanas no Mar do Caribe, passávamos fome e já estávamos até pensando em comer o Enéas, o meu cunhado esquisitão. Mas o padre Morcelo Rossi impediu, brandindo o seu crucifixo bizantino, aquele festim antropofágico tropicalista. Segundo o religioso, o Vaticano só permite o canibalismo para fins de reprodução. Nós estávamos naquele debate teológico quando, de repente, nossas narinas sentiram no ar um forte futum de maconha, subitamente, o Dr. Jacintho Leite Aquino Rêgo avistou uma nuvem de fumaça no horizonte. Era a Jamaica! Estávamos salvos!

Onde há fumaça, há Jamaica. Foi o que pensei quando enxerguei no horizonte um pedaço de terra cercado de maconha por todos os lados. Em poucos minutos, uma lancha a vapor da Guarda Costeira jamaiquense interceptou a nossa balsa. Ao nos verem naquele estado lastimável, os rasta-guardas nos forneceram um *kit* de primeiros socorros: dois baseados, um bolo de maconha, uma garrafa com suco de maconha, uma lata de leite condensado e dois pares de luvas de borracha esterilizadas.

JAMAICONHA: TERRA DE CONTRASTES

Logo fomos conduzidos à capital da Jamaica, a cidade de Marofa, ex-Kingston. Lá acabamos sendo recebidos pelo Príncipe Regente Ziggy Marley, filho de Bob Marley com Haile Salassié, o Leão de Judá, ex-Imperador da Etiópia. Para nos receber, Ziggy e seus irmãos (que são mais ou menos 90% da população jamaicana) nos ofereceram uma maconhada a rigor nos Jardins do Palácio Jamaical. Tivemos a oportunidade de degustar as mais finas maconhas, provenientes da adega pessoal de Bob Marley, onde apertamos morras de safras superiores como, por exemplo, um Woodstock Private Reserve 1968 - Domaine Stonehead Grassyards que faria chorar de prazer o crítico e *gourmet* Renato Mais Chato, quer dizer, Machado.

Terminada a degustação daquelas maconhas selecionadas de castas nobres, participamos de um banquete onde nos foi servido o prato típico da culinária jamaicana: a Larica. Alimento nutritivo, a Larica é um prato muito curioso, pode ser feito com qualquer coisa que tenha na geladeira desde que seja tudo coberto com leite condensado. A princípio, o padre Morcelo Rossi se recusou a experimentar da Erva do Diabo, mas, ao saber que para o rastafári a maconha é sagrada (eles fumam todo dia, religiosamente, é sagrado!), o sacerdote fisiculturista resolveu dar uns tapas num charuto de maconha. Deu no que deu! Pouco acostumado aos eflúvios do jererê, o padre-saúde ficou muito doido e, depois de arrancar a batina, começou a dançar um *reggae* de Cristo. Em poucos minutos, uma multidão de fiéis fez um círculo em volta do padre carismático em êxtase místico, mas isto durou pouco. Quando a maconha acabou, os devotos da manga-rosa fumaram o padre também.

Enquanto isso, o Dr. Jacintho Leite Aquino Rêgo, auxiliado pelo embaixador do Brasil na Jamaica, Fernando Gabeira, aproveitou para realizar pesquisas no âmbito da psicoproctologia aplicada à maconha. Depois de experimentar a *cannabis* umas 400 vezes sem ficar dependente da droga, o famoso médico e cientista chegou à conclusão de que o bagulho é inofensivo. E mais: pode ser um poderoso auxiliar no tratamento de moléstias crônicas infectocontagiosas. O uso contínuo e constante da maconha produz uma sensação de bem-estar e relaxamento. Totalmente relaxado, o indivíduo chapado passa várias semanas sem tomar banho. A *cannabis* é um poderoso analgésico e tranqüilizante. Quando usada em doses cavalares, pode provocar no emaconhado uma sensação prazerosa de desprendimento corporal aliado a uma vontade incontrolável de doar partes remotas da sua anatomia, onde nenhum homem havia chegado antes. Esse perigoso efeito culateral, quer dizer, colateral foi vivenciado pelo Dr. Jacintho pessoalmente, que ofereceu o seu corpo em Holocausto à Ciência, como cobaia humana!

PONTA FINAL

Depois de fumarmos vastas extensões de terra cultivável, deu-se início a uma queimada sem precedentes, jamais vista anteriormente na ilha de Bob Marley, onde queimar mato não é crime. Parecia uma cena dantesca de "... *E o Vento Levou...*": labaredas tremendas tomaram conta da ilha carburando tudo que encontravam pela frente. Em poucos minutos, toda a produção exportável da Jamaica tinha virado fumaça, causando um prejuízo à economia local maior que o El Niño. Foi aí que Ziggy Marley, pressionado pela oposição, nos expulsou da ilha numa jangada e ficamos novamente à deriva, cercados pelos tubarões nossos amiguinhos, predadores assassinos. Depois de vagarmos pelo oceano por uma semana, já estávamos perdendo as esperanças quando ouvimos o espocar de champanhes e o clarão de *flashes* fotográficos. Estávamos salvos! Tínhamos chegado à Ilha de Caras.

O Terrorismo assola
o mundo: Apocalipse Anal!

"ERRAR É HUMANO MAS ACERTAR O ALVO É MUÇULMANO."

Malba Tahan

A vida de um repórter investigativo, assim como a do ascensorista anão, é cheia de altos e baixos. E eu que pensava que já tinha coberto todas as mulheres e todas as guerras do mundo... Todos os meus 17 leitores sabem que eu sou uma espécie de World Trade Center do jornalismo-marrom: estou completamente arruinado. A minha situação de penúria e miserê chegou a tal ponto que o Sebastião Salgado quer bater um retrato do meu extrato bancário para colocar no seu próximo livro. Assim sendo, tomei coragem e resolvi procurar o meu editor do *Globo* para solicitar um aumento no salário. Homem generoso e paciente, assim que acabou de ouvir pacientemente minhas justas reivindicações salariais, me mandou à merda. Mas, minutos depois, achando a sua oferta generosa demais, ele reconsiderou e mudou de idéia:

– Agamenon, tu vai pro Afeganistão e só me volte com uma entrevista exclusiva com o Osama bin Laden!

– Mas eu não sei falar árabe!

– E daí? Ele também não sabe falar português!

Diante desta argumentação irrefutável, só me restava uma saída. Assim sendo, convoquei o meu personal psicoproctologista, Dr. Jacintho Leite Aquino Rêgo, e embarcamos no primeiro avião com destino ao Oriente Médio. Mas antes demos uma passada na Casa Turuna, onde adquirimos umas fantasias de árabe para podermos passar despercebidos no meio daqueles muçulmecas sado-islamitas.

A segurança nos aeroportos está muito severa. Temendo que eu e o meu psicoproctologista fôssemos perigosos homens-bomba, a Infraero nos submeteu a um rigoroso enema para verificar se não carregávamos nenhum petardo explosivo ou alguma arma química dentro de nossos corpos. Completamente nus, fomos amarrados aos nossos assentos enquanto as comissárias nos davam comida na boca, tudo isso para não termos que usar os talheres pontiagudos e desviar o avião para Cuba. Mas não adiantou nada, pois a comida de bordo da Varig continua uma bomba. E o que é pior: ninguém toma nenhuma providência.

Depois de 69 horas de viagem tormentosa, chegamos ao aeroporto Khalil M. Gebara em Islamabad, no Paquistão, onde me esperava o Pepe Escobar, jornalista internacional que estava escondido na tumba do faraó Tutankamon desde que saiu da *Folha de S. Paulo*. Pepe nos levou até o seu camelo conversível para atravessarmos a fronteira do Afeganistão com o Paquistão. Como o camelo só tinha duas corcovas, o corajoso e moderno Escobar acomodou-se numa outra extremidade pontiaguda do animal do deserto.

A única forma de conseguir uma exclusiva com o sanguinário Osama seria entrar disfarçado de odalisca no seu harém particular. Assim, partimos na direção das montanhas de Tora Bora em busca da úmida caverna onde o terrorista se esconde das tropas americanas. Na calada da madrugada, fomos introduzidos no harém de Osama bin Laden. Várias vezes. Como toda mulher muçulmana, passamos muitos perrengues e tivemos que agüentar tudo de boca fechada. Quer dizer, às vezes de boca aberta também. Osama, o sanguinário assassino, ao me surpreender na posição da oração muçulmana voltado para Meca, foi logo com a minha cara e me transformou, no ato, na sua 25ª esposa. E foi assim que eu, Agamenon Mendes Pedreira, me transformei do dia pra noite no único jornalista ocidental a entrevistar, com exclusividade, Osama bin Laden. Tudo por um furo, quer dizer, um furo por tudo.

PERFIL DO DESTRUIDOR: NA CAMA COM OSAMA

AGAMENON: *Osama, que time é teu?*
OSAMA: Eu sou Vasco, mas não concordo com o Eurico Miranda, ele é muito barra-pesada.

AGAMENON: *Uma bebida...*
OSAMA: Coquetel-Molotov.

AGAMENON: *Religião?*
OSAMA: Eu sou evangélico.

AGAMENON: *Animal de estimação?*
OSAMA: Mulher.

AGAMENON: *O que não pode faltar na sua geladeira?*
OSAMA: Luz.

AGAMENON: *Um homem inteligente?*
OSAMA: Jô Soares.

AGAMENON: *Quem você levaria para uma ilha deserta?*
OSAMA: O Tom Hanks.

AGAMENON: *Desodorante?*
OSAMA: Taliban.

AGAMENON: *Marca de míssil?*

OSAMA: Armani.

AGAMENON: *Canhão?*

OSAMA: Versace.

AGAMENON: *Cantora preferida?*

OSAMA: Sandy e Júnior.

AGAMENON: *Em quem você vai votar para presidente?*

OSAMA: O Lula é muito radical, eu vou de Roseana!

AGAMENON: *Um pensamento?*

OSAMA: "Mais vale duas torres no chão que dois aviões voando."

ACABUL-SE TUDO!

"As feias que me desculpem, mas beleza é fundamentalista."

Vinicius de Mulahs, o Profetinha

Depois que consegui me divorciar de Osama bin Laden levando a metade da sua fortuna milionária, embiquei na direção da capital do Afeganistão. Ao chegar às portas de Cabul liberada, senti um frêmito, quer dizer, quem sente frêmito é o Enéas que gosta dessas coisas. Recordei-me então, com lágrimas nos olhos, da liberação de Paris quando cruzei o Champs Elysées marchando junto com as tropas aliadas ao lado de De Gaulle, Montgomery, Sartre, Lacan, Yvon Cury e João Saldanha. O Saldanha, aliás, tinha acabado de chegar da China, onde acompanhou Mao Tsé-tung na Grande Marcha, marcha esta que só seria realizada alguns anos mais tarde.

Não devemos confundir os muçulmanos do Afeganistão com os terroristas internacionais de Osama bin Laden. O ocidental tem uma visão preconceituosa dos seguidores de Maomé. Os islamitas são tidos erroneamente como belicistas sanguinários e violentos. Até aí tudo bem. Na verdade, o muçulmeca é no fundo um sujeito pacífico, afinal um homem pode ter várias mulheres e elas não brigam entre si e não criam conflito, uma coisa impossível de acontecer num lar ocidental cristão.

Mas voltando ao camelo frio, jamais esquecerei a alegria do povo afegânico liberado da tirania talibínica! A festança era geral: homens e mulheres raspavam as suas barbas no meio da rua em singular protesto capilar. A música, até então proibida pelos fundamentalistas, tomava conta da capital afeguense. Mas o *jazz*, felizmente, continua proibido. A população cabulense dançava ao som de grupos de pagode como o Só Pra Bombardear e Harmonia do Osama. O sexo e a devassidão ocidentais imperavam na cidade. Camelos e mulheres com a *burka* de fora se misturavam numa gigantesca bacanal. Ninguém era de ninguém! Todos querendo tirar o país do atraso secular em que viviam.

Auxiliado por guerrilheiros da Boiolança do Norte, Enéas aproveitou para soltar a franga e outros galináceos que não ousam dizer seu nome e que viviam oprimidos pela repressão do regime dos *mulahs*! Mas o mundo não poderá descansar em paz enquanto Osama bin Laden estiver solto por aí. O que ninguém sabe é que o atormentado Enéas já bolou um plano infalível para atrair o sanguinário terrorista internacional. Enéas sabe que Osama gosta de se esconder em cavernas escuras e furnas úmidas. Assim, ele bolou uma armadilha: uma caverna camuflada. Assim que o terrorista entrar no falso buraco, Enéas vai prendê-lo lá dentro da gruta, muito bem preso (só não me perguntem como), e, em seguida, depois de vários baldes de água fria, vai soltar o facínora e entregá-lo às autoridades.

***

Ardendo: Os Fundamentos da Psicoproctologia Aplicada

por Dr. Jacintho Leite Aquino Rêgo, MD

QUEM É O DR. JACINTHO LEITE AQUINO RÊGO?

Jacintho Leite Aquino Rêgo é natural de Ponta Grossa, Paraná. Concluiu seus estudos elementares em Curralinho, Maranhão. Formou-se em medicina pela Unicamp de Campinas. Durante o período de residência médica, freqüentou a clínica proctológica do Dr. Horácio Botelho Pinto ao mesmo tempo que iniciava a sua análise pessoal com o Dr. Alisandro Rêgo Souto. Depois de concluir a sua formação analítica, o Dr. Jacintho rompeu definitivamente com a psicanálise freudiana para abraçar a psicoproctologia, ciência da qual é o fundador. O Dr. Jacintho Leite Aquino Rêgo é clínico pessoal do jornalista Agamenon Mendes Pedreira e colaborador bissexto na sua página dominical em *O Globo*.

O QUE É A PSICOPROCTOLOGIA?

JACINTHO LEITE AQUINO RÊGO, MD

A psicoproctologia é a ciência que se dedica ao estudo aprofundado das furnas mais recônditas da alma humana. Seus fundamentos teóricos foram propostos pela minha pessoa, Prof. Dr. Jacintho Leite Aquino Rêgo, MD, eminente cientista brasileiro que consagrei a minha vida à prática e à difusão da medicina psicoproctológica.

A idéia básica que determinou a concepção teórico-prática da psicoproctologia deu-se durante um exame de próstata a que eu, Dr. Jacintho Leite Aquino Rêgo, me submetia rotineiramente três vezes por semana para tratar de um desvio de septo nasal. Desde os meus tempos de colégio interno, sempre acreditei que a prevenção era a profilaxia mais correta para evitar a neoplasia prostática bem como a comichão purulenta do pavilhão retofuricular. Durante uma das sessões de toque retal a que me submeti, tive um *insight*. Conhecedor profundo das teorias psicanalíticas do Dr. Siguimundo Freud, percebi que o cérebro humano e a massa encefálica na caixa craniana (*locus* onde residem todas as emoções, angústias, neuroses e outras psicopatologias que afligem o ser humano) poderiam ser acessados por outras vias que não a otorrino-auricular como preconiza a psicanálise ortodoxa.

De acordo com as minhas incansáveis pesquisas, a abordagem do cérebro humano por outros caminhos pode, pela retaguarda, pegar de surpresa o inconsciente distraído, fonte de neuroses e traumas, facilitando então a cura completa do paciente.

A prática da psicoproctologia se dá principalmente através do exame detalhado do pavilhão retofuricular. Lá se encontra o campo clínico onde se efetua a leitura cuidadosa das pregas anais, principalmente da Prega-Rainha que é a viga mestra que dá sustentação à região lombo-retal posterior popularmente conhecida como popozão. Este exame permite traçar uma rigorosa anamnese da vida pregressa do paciente permitindo assim o diagnóstico de traumas de infância e/ou adolescência que contribuem para o aparecimento de quadros severos de neuroses de caráter furico-boiolino.

Para facilitar este exame invasivo e, muitas vezes, dolorido, inventei o estreptogeboscópio, instrumento eletrônico que permite medir e analisar o objeto de estudo da psicoproctologia. Pacientes carentes, sem recursos financeiros, também podem se submeter a esta revolucionária terapia de forma mais econômica utilizando recursos naturais como, por exemplo, os vegetais de duplo sentido ou recorrendo aos hospitais da rede do CUS, quer dizer, do SUS.

Graças ao sucesso retumbante da teoria psicoproctológica, fundei a IPEIA – International Psycoproctological Existencial Invasive Association, instituição da qual sou o presidente vitalício, plenipotenciário e honorário. A IPEIA, com sede própria em Viena, Áustria, tem como objetivo congregar e coordenar a formação dos praticantes e apóstolos deste revolucionário método de cura psicointestinal. A IPEIA é responsável pela publicação do periódico *The Psycoproctological Quarterly Anals* onde vários artigos aprofundam os conhecimentos neste novo campo do saber científico.

Infelizmente, como em todos os ramos do conhecimento humano, muitos apóstatas, charlatães e aventureiros tentam desvirtuar os meus ensinamentos. Até hoje, leituras equivocadas da teoria psicoproctológica provocam cismas e divergências incontornáveis entre os psicoproctoterapeutas. Estas divergências se dão principalmente no âmbito da prática correta da psicoproctologia. As minhas pesquisas particulares preconizam como correto o método inglês, no qual o paciente deve deitar-se no divã, de quatro (coisa que nem sempre acontece na primeira sessão), em decúbito ventral retonapoleônico para um perfeito relaxamento esfinctérico. Na psicoproctologia ortodoxa o tempo lógico bem como a emissão de recibos devem ser ignorados. Existe, no entanto, uma outra corrente (se é que podemos chamar isso de psicoproctologia) que preconiza a esfincterografia lacaniana, onde a relação médico-paciente se dá através do discutido Tempo Proctológico, onde apenas um toque pode revelar os mistérios mais profundos do anal-isando, ao contrário da dedada de 45 minutos preconizada pelos freudiânus mais ortodoxos.

BIBLIOGRAFIA

1. RÊGO, Jacintho L. Aquino. **Beyond The Edge: the psychoproctological approach**. New York University Press, 1952.

2. RÊGO, Jacintho Leite. **Die Traumdeutung und das Psychoproctologie: Gesammelte Werke Vonsfudeln Grossescheise**. Verlag, München, 1942.

3. RÊGO, Jacintho Leite Aquino. **La terapéutica alternativa de la amigdalictys tramite la aplicación de enemas digitales**. Ediciones Años Locos, Barcelona, 1936.

4. RÊGO, Jacintho Leite Aquino. **Modus in Rabus**. Pontificia Casa Editrice, Vaticano, 1969.

***

Filosofando e andando

"Como dizia a minha mãe: a vida era muito melhor antigamente. Quando eu ainda não tinha nascido."

"No Brasil, a Lei existe para ser comprida."

"A verdade é como um cocô: sempre vem à tona."

"Pobre quando come peru, um dos dois foi recheado."

"O problema do Brasil é que aqui não tem Oposição. Nem Situação."

"A gravidez é um feto consumado."

"Os cães lavam e a caravana passa."

"A diferença entre veado e homossexual é que veado é quando é o filho do vizinho. Homossexual é quando é o seu filho!"

"Quem nasceu primeiro: o ovo ou o coelhinho da Páscoa?"

"Não tem pão? Comam brioco!"

"O Brasil é a melhor Albânia que eu conheço."

"O que importa é a nudeza interior."

"Comer é a melhor digestão!"

"Eu sou como vinho: com o passar dos anos vou ficando cada vez mais vinagre."

"Existem muitos mais Bestas, Topics e Hyundais entre o céu e a terra do que supõe a nossa Van filosofia."

"No futuro, todos terão direito aos seus quinze minutos de fome."

"Quem lê Caras, não vê coração."

"A Copa do Mundo é como sexo na vida dos ingleses: só acontece de quatro em quatro anos e, na maioria das vezes, não passam das oitavas de final."

"Bunda de fora não se manifesta!"

"Eu nunca vi no Brasil um DNA de rico ir pra cadeia genética."

"O mineiro é um gaúcho enrustido."

"A noite todos os brasileiros são pardos."

"Alguns políticos brasileiros deveriam seguir o exemplo dos grandes Tancredo Neves, Ulysses Guimarães, Mário Covas e morrer."

"O que é do homem, a bicha Lancôme."

"O Oriente para ser Médio, ainda tem que melhorar muito!"

"Gaúcho é igual peixe: só deve ser comido quando é fresco."

"No Brasil, a vida de corrupto não é fácil: você tem que fraudar um Leão por dia."

markgraph
Rua Aguiar Moreira, 386 - Bonsucesso
Tel.: (21) 3868-5802 Fax: (21) 270-9656
e-mail: markgraph@domain.com.br
Rio de Janeiro - RJ